KB201152

홀로
함께

홀로 함께

시 읽는 십 대를 위한 언어 수업

정은귀

민음사

차례

1부 — 버티는 기술

1 * 잃어버리는 기술
“The art of ____ isn’t hard to master.” 11

2 * 적을수록 커지는 행복
young, tongue, weep, sleep 25

3 * 다른 무엇이 되어가는
나무-책상-침대-합판-종이-연필-문 39

4 * 열등생의 자유로움
“Don’t be a dunce, be a dunce?” 51

5 * 상처를 넘어서는 꽃의 윤리
“Pain is a flower like that one.” 61

6 * 본질은 파괴될 수 없다
“Secrets of an Oak Tree” 71

7 * 계속 걷는 힘
“Deep breathing, step-by-step” 83

2부 — 질문하는 힘

8 * '가장 잔인한 달'에

"April is the cruellest month" 93

9 * 일상의 혁명

"In the place of birds' droppings" 103

10 * 지혜를 구하는 질문

"Those who ask questions deserve answers." 113

11 * 신비로운 만남

"Nothing can ever happen twice." 125

12 * 절망에서 긷는 희망

"Roll'd round in earth's diurnal course" 133

3부 — 연결하는 힘

13 * 책과 삶 사이에서

"I'm on my way with dust in my shoes." 145

14 * '기억'에 대하여

"a single heart beating under glass" 155

15 * 시로 쓴 대자보

컵라면과 숟가락, 옷핀과 우산, 열쇠 165

16 * 꽃과 소녀와 청년

"Where have all the flowers gone?" 177

4부 — 홀로 함께

17 * "살아남은 자의 슬픔"

"And then what happened?" 191

18 * 조용한 목소리

"What is your small revolution?" 201

19 * '다름'의 원리

"Only others save us." 211

20 * 네가 얼마나 외롭든 간에

"No man is an island, entire of itself." 219

21 * 함께 숨 쉬는 일

더 밝고 더 어두운 형제들 231

22 * 포기하지 말자

"____로 가는 길은 하나가 아닐 것이다" 241

에필로그 * 시를 통해 질문하는 방식 251

1부

버티는 기술

1 * 잃어버리는 기술

"The art of ____ isn't hard to master."

한 해의 끝에서 겨울 숲을 가만 바라보는 나날입니다. 이파리 다 떨구고 서 있는 나무가 가엾다 싶다가도 숲을 가만 들여다보니 겨울나무가 또 다른 세계를 열어주고 있다는 걸 깨닫습니다. 한여름 무성한 잎들로 가득 찬 숲에서는 보이지 않던 것들이 넓게 트인 시야 속에 한 번에 들어옵니다. 나무는 나무대로 땅은 땅대로 하늘은 하늘대로, 저 좋을 대로 각자의 자리에 든든히 버티고 서서 다른 존재에 자기를 내어주는 모습, 나무 사이로 멀리 초록 지붕도 보입니다.

저 숲 자락 어딘가에 낮게 엎드리고 사는 다른 이가 눈에 선연히 그려집니다. 이렇게 텅 빈 겨울 숲, 겨울나무를 보면서 '다 떨구고 가난해지는 것이 본래 제자리에 서 있는 것을 한 번에 넓게 바라보게 하네.'라고,

무성한 여름에는 하지 못했던 생각을 했습니다. 비우고 가난해지는 일을 생각하기에는 아직 채울 것이 너무 많은 십 대들에게, 이번에는 비우는 일과 채우는 일, 비워야 할 것과 채워야 할 것에 대한 이야기를 시와 함께 해보고자 합니다.

가장 최근까지 손에 들고 있던 책은 엘리자베스 비숍(Elizabeth Bishop, 1911~1979)이라는 미국 시인의 시집입니다. 비숍은 태어나서 8개월 만에 아버지가 돌아가시고 다섯 살 무렵에는 우울증을 앓던 어머니가 정신병원에 입원하게 되지요.

이후 약 20년 동안 어머니가 돌아가실 때까지 비숍은 한 번도 어머니를 만나지 못했지요. 외조부모님과 조부모님이 번갈아 가며 비숍을 돌보아주긴 했지만 병약했던 비숍은 제대로 된 가정의 행복을 모른 채 자라나 평생 집(home)을 그리워하며 지냅니다.

20세기 미국의 많은 시인들이 그러했지만 비숍 또한 시대의 불안과 가정의 결핍을 온몸으로 겪으며 아픈 세월을 시로 견디어 냈습니다. 알코올중독과 동성애, 그리고 끝없는 여행과 상실의 아픔으로 점철된 그녀의 삶과 시를 들여다보면서 새삼 시가 무엇인가, 시인은 시를 통해 무엇을 말하고 있는가, 또 시를 읽는 나는 그 시인의

언어에서 무엇을 얻는가를 생각합니다. 시 읽기와 시 쓰기가 존재의 방식과 관계에 대한 질문의 형식이 된다는 것을 다시 한 번 새기면서 시를 읽는 시간이 참 좋습니다. 많은 시 중에서 「하나의 기술(One Art)」이라는 시를 이번에 같이 읽어볼까 합니다.

잃어버리는 기술을 익히기란 어렵지 않아요.
너무 많은 것들이 사라질 의도로 채워져 있는 것 같아
그 상실은 엄청난 재난이 아닌 것을.

매일 무언가를 잃어버려 보세요. 잃어버린
현관 열쇠, 잘못 쓴 시간의 낭패감을 받아들여
보세요.
잃어버리는 기술을 익히기란 어렵지 않아요.

그 다음엔 더 멀리 더 빨리 잃어버리는 연습을
해보세요.
장소, 이름, 여행하기로 한 곳들,
그 어떤 것도 엄청난 재난은 아닐 거예요.

난 엄마 시계를 잃어버렸지요. 보세요. 내 마지막

아니, 그 전의 아끼던 집 세 채가 떠났어요.
잃어버리는 기술을 익히기란 어렵지 않아요.

두 개의 근사한 도시도 나는 잃어버렸어요. 또
갖고 있던 더 광대한 영토도, 두 강과 하나의 대륙,
나는 이것들을 그리워하지만, 엄청난 재앙은
　아니었어요.

심지어 당신, 장난기 어린 목소리, 내가 좋아하는
　몸짓을 잃어버려도. 거짓 아니어요.
잃어버리는 기술을 익히기란 그다지 어렵지 않다는 건
　분명해요.
비록 그게 엄청난 재앙처럼 (그렇다고 쓰세요!) 그렇게
　보일지라도.

The art of losing isn't hard to master;
so many things seem filled with the intent
to be lost that their loss is no disaster.

Lose something every day. Accept the fluster
of lost door keys, the hour badly spent.

The art of losing isn't hard to master.

Then practice losing farther, losing faster:
places, and names, and where it was you meant
to travel. None of these will bring disaster.

I lost my mother's watch. And look! my last, or
next-to-last, of three loved houses went.
The art of losing isn't hard to master.

I lost two cities, lovely ones. And, vaster,
some realms I owned, two rivers, a continent.
I miss them, but it wasn't a disaster.

—Even losing you (the joking voice, a gesture
I love) I shan't have lied. It's evident
the art of losing's not too hard to master
though it may look like (*Write* it!) like disaster.

이 시는 1971년에 시인이 발표한 『지리 3(Geography III)』에 실린 시입니다. 시인이 평생 겪었던 상실의 아픔이 오롯이 드러나면서 동시에 그 상실들을 상실로 받아들이지 않고 삶의 깨달음으로 연결시키고 있지요. 시인이 몸소 살아낸 삶의 아픈 자리들이 시의 언어로 다시 태어난 것 같아 한 줄 한 줄 아껴가며 소리 내어 읽어봅니다. 여기에서 '하나의 기술'은 시라는 '하나의 예술'과도 연결됩니다. 즉, 시인의 마음에 새겨진 삶의 아픈 무늬들이 시라는 하나의 예술을 탄생하게 하는 과정으로도 읽힙니다.

시는 무심한 듯, 요즘 흔히 하는 말로 아주 시크한 포즈로, "잃어버리는 기술은 익히기 어려운 일이 아니다."라는 단언으로 시작하지요. 상실에 대해서 이렇게 무심한 듯 아무렇잖게 툭 던지는 시인의 말에 독자는 호기심을 갖고 더 찬찬히 들여다보게 됩니다. 시인은, 일상의 사소한 일들에서부터 자신이 사랑하는 것들로 대상을 일일이 나열합니다.

처음엔 우리가 매일 겪는 일들이 등장하지요. 학교에 나가며, 일터에 나가며, 두고 오는 사소한 물건들, 열쇠 같은 것들, 그리고 그런 익숙한 일상의 것들을 잃어버렸을 때 우리가 느끼는 낭패감들. 매일 아침 얼마나 자주 우리가 이 상실 속에서 헤매는지 생각해 보세요. "엄마, 내 핸드폰!" "여보, 열쇠 어딨어?" 생생한 목소리들이

들리지요?

이 자잘한 일상의 상실들과 그 법석거림을 충분히 전달한 후에 시인은 점점 더 범위를 확장하여 자기가 사랑하는 대상들을 내어주고 있지요. 평생 그리움의 대상이었던 엄마의 시계, 그리고 집, 시인은 가족이 함께 하는 집다운 집을 가지지 못했기 때문에 집에 대한 애착이 무척 컸고, 그래서 좀 오래 머무는 곳마다 집을 샀다고 하네요. 이런 것들을 잃어버리는 일에 익숙해지는 것이 별로 큰일이 아니라고 합니다.

되풀이하면서 반복하는 이 말이 오히려 반어적인 효과를 자아내어, 이처럼 익숙하고 소중한 것들과의 결별이 얼마나 엄청난 일인지를 되새김질하는 느낌이 드는데요. 마지막에 시인은 도저히 하기 힘든 말을 합니다. 당신을 잃어버리는 일. 사랑하는 사람의 상실 말이지요. 이건 도저히 상상하고 싶지 않은, 우리가 살면서 겪는 상실의 가장 큰 몫이겠지요.

상상하기 힘든 그 지점까지 나아가면서, 시인은 이마저도 재앙처럼 보이긴 하지만 또 익숙해지기 그다지 어려운 일은 아니라고 합니다. 동심원처럼 점점 커지는 상실의 대상도 그렇지만 반복해서 되뇌는 이 말이, 어쩌면 시인은 이 모든 크고 작은 상실을 통과하면서 한 걸음 한 걸음 우리 삶의 힘겨운 걸음, 그 먼 길을 반추하고 있는 듯합니다.

그렇다면 이 모든 상실을 딛고 나아가는 우리 삶은 도대체 어떠한 것이어야 할까요? 바로 이 질문을 오늘 이 시와 더불어 하고자 합니다. 제가 '비움'에 대해서 이야기하면, 우리 학생들은 자주, "선생님, 저는 아직도 꿈이 너무 많고 하고 싶은 일도 너무 많아요. 비움이라는 말이 잘 와 닿지 않아요."라고 질문하곤 합니다. 맞는 말입니다. 손에 쥐어지지 않던 꿈을 꾸고 그 꿈을 좇아 열심히 달음박질치던 저의 옛 모습을 돌아봐도, 십 대, 이십 대의 저 또한 비우는 것에 대해서 잘 생각하지 않았던 것 같습니다.

하지만 다시 또 생각해 보면, 그 시절, 꿈을 향해 맹렬히 달리던 그때의 저 또한, 매일매일 비우기와 채우기의 싸움을 했던 것 같아요. 가령 손에 쥔 돈 10000원을 가지고 저녁을 먹을 것인가, 읽고 싶은 책을 살 것인가가 얼마나 큰 고민이었는지요. 사소한 일상의 선택에서부터 더 큰 문제, 가령, 남들이 모두 배고픈 길이라고 하는 공부의 길을 갈 것인가, 직장을 선택할 것인가 같은 크고 작은 선택의 기로에서 했던 모든 고민이 실은 비워야 하는 일과 채워야 하는 일 사이의

갈등이었지요.

그 선택의 길에서 저는 대개 배고픈 쪽을 더 택했던 것 같아요. 저녁을 굶고 책을 사본다든가, 당장의 안정된 직장을 택하지 않고 힘든 공부의 길을 택하는 방식으로 말이지요. 어렵고 고달프더라도, 저는 제 마음속 깊은 곳에서 일어나는 어떤 열망을 고집스레 좇고 있었던 것이지요.

이 시를 다시 읽으면서 비우는 일과 채우는 일에 대해 생각합니다. 지금 시대 우리 젊은이들의 고민에 대해서도 생각해 봅니다. 어린 시절 가족 안에서는 결핍을 모르고 자라다가 대학을 졸업하고 나니 갈 곳이 없는 그런 현실, 또 너 나 할 것 없이 가난하던 시절에는 잘 몰랐던 상대적인 결핍감, 99퍼센트와 1퍼센트로 나뉘어 가진 자와 가지지 못한 자의 존재 조건이 달라지는 이 척박한 시절, 우리는 무엇을 꿈꾸고 무엇을 버려야 할까요.

물질적인 가치가 그 어떤 종교보다도 더 위대한 위상으로 모든 것의 중심이 된 이 시절, 우리는 너무 빨리 배우고 너무 빨리 채우는 것에만 몰두해 있습니다. 남을 딛고 올라서서 좀 더 많이 가져야 안심이 되는, 하나를 나누어주기보다는 하나를 더 뺏어야 제 배가 부르는 현실에 우린 너무 빨리 눈을 뜨기에, 우리 시대의 배고픔은 우리를 더욱 초라하게 합니다.

세상의 모든 존재는 저마다 다른 삶의 무늬를 가지고 태어나기 때문에 상실의 방식도 하나로 묶어 생각할 수는 없지요. 한 사람에게 가장 소중한 어떤 것이 다른 한 사람에게는 아무 의미 없는 것이 될 수 있으니까요. 어떤 이에게는 지금 당장의 밥 한 그릇이 가장 소중할 수 있고, 또 어떤 이에겐 엄마의 사랑, 따뜻한 손길이 가장 소중할 수 있겠지요. 측량할 수 없이 상대적인 이 모든 욕구와 필요한 사랑들 속에서 우리가 진정으로 잃지 말아야 할 꿈과, 또 나날이 비워내야 할 욕심에 대해 생각해 봅니다.

종이에 한 번 적어보세요. 올해 나는 어떤 것을 잃고 어떤 것을 얻었는지, 어떤 것을 비우고 어떤 것을 채웠는지, 그 비움과 채움의 곡선 속에서, 자기만의 욕심, 자기 혼자만의 이기심, 내가 상대를 누름으로써만 가능한 충족이 비워지고, 하나를 더 나눔으로써 더 행복해지는 열망이, 함께 꾸는 꿈이, 함께 나아가는 발걸음의 가치가 채워지기를 바라봅니다.

소중한 무언가를 잃어버려 헤매고 절망하는 누군가는 이 시의 구절을 찬찬히 짚으면서 "잃어버리는 것, 아무것도 아니야."라고 되뇌어보세요. 그 어떤 순간에도 잃지 말아야 할 것은 바로 여러분 자신이니까요. 의미 있는 꿈으로 새롭게 채워나가는 여러분의 하루하루, 한 걸음 한 걸음에 대한 믿음을 잃지 말고, 우리 비우는 연습을 한 번 해보아요. 겨울나무처럼 무성한 잎 다 떨치고 선 이 추운 자리, 여러분에게 진실로 가장 소중한 것들이 눈에 환히 들어올 거예요.

언어 연습

이제 1장의 언어 연습을 해보아요. 지금 여러분에게 가장 힘든 일이 무엇일까요? 아래 빈칸을 한 번 채워보세요.

The art of _____ isn’t hard to master.

저는 loving/parting을 써봅니다. 여러분은 어떤 단어를 넣었나요? 힘든 일이 가뿐하게 기벼워지는 신비를 여러분도 느껴보세요.

2 * 적을수록 커지는 행복

young, tongue, weep, sleep

유난히 긴 여름을 보내고 있습니다. 여름은 생명력 성성하게 뻗어가는 싱싱한 계절인데, 최근의 여름들은 자연재해에 더해 인재로 인한 많은 사고와 떠나보내기 힘든 아까운 죽음들로 참 아프게 보내는 것 같아요.

아메리카 인디언 중에 쇼니족이 있는데, 이들은 8월을 "다른 모든 것을 잊게 하는 달"이라고 부릅니다. 아마 쨍한 햇살과 푸른 잎새들이 함께 만들어 내는 군무(群舞)에 마음 뺏기다 보면 다른 모든 것을 잊게 된다는 뜻이 아닐까 싶어요. 모든 것을 잊게 하는 이 계절에 잊을 것과 잊지 말아야 할 것들을 되새기면서 작은 이야기 하나로 시의 문을 열고자 합니다. 윌리엄 블레이크(William Blake, 1757~1827)의 시 「굴뚝 청소부(The Chimney Sweeper)」입니다.

어머니가 돌아가셨을 때 나는 아주 어렸답니다.
그리고 아버지는 나를 팔아버렸죠, 내 혀가
겨우 "쓸어! 을어! 을어! 울어!" 외칠 때요.
그래서 난 당신네들 굴뚝을 청소하고 검댕 속에서
잠이 들지요.

꼬마 탐 데이커가 있는데요, 양털처럼 곱슬곱슬한
머리카락을 밀게 되자
울음을 터뜨렸지요, 그래서 내가 말해 주었지요,
"뚝, 탐! 신경 쓰지 마, 머리카락이 없으면
검댕이 네 하얀 머리카락 더럽힐 수 없으니."

그러자 그 앤 잠잠해졌지요. 바로 그날 밤이었어요,
탐이 잠을 자다가 이런, 이런 광경을 보았지요.
딕, 조, 네드, 잭 등 수천 명의 굴뚝 청소부
모두가 검은 관 속에 갇혀 있었지요.

그런데 빛나는 열쇠를 가진 천사가 다가오더니
그 관들을 열고 모두 해방시켜 주었어요.
그 애들은 푸른 들판을 폴짝폴짝 뛰고 웃으며
달립니다.

강물에 몸을 씻자 모두가 햇빛 속에 밝게 빛납니다.

아이들은 발가벗은 흰 몸으로, 청소 가방을 모두
　내팽겨둔 채,
구름 위로 솟아올라 바람을 타고 장난치며 놀지요.
천사가 탐에게 말했습니다, 착한 소년이 되면
하나님을 아버지로 모실 수 있고 언제나 기쁨이 넘칠
　거라고.

그러다 탐은 잠에서 깨어났지요. 우리도 어둠 속에서
　일어나,
가방과 솔을 챙겨 들고 일터로 향했지요.
아침은 추웠어도 탐은 행복하고 따뜻했지요.
그러니 모두 자기 임무를 다하면 해(害)를 두려워할
　필요가 없지요.

When my mother died I was very young,
And my father sold me while yet my tongue
Could scarcely cry "'weep! 'weep! 'weep! 'weep!"
So your chimneys I sweep, and in soot I sleep.

어린 굴뚝 청소부(1910년)

블레이크가 직접 그린 시집 삽화

There's little Tom Dacre, who cried when his head,
That curl'd like a lamb's back, was shav'd, so I said
"Hush, Tom! never mind it, for when your head's
bare
You know that the soot cannot spoil your white hair."

And so he was quiet, and that very night
As Tom was a-sleeping, he had such a sight!
That thousands of sweepers, Dick, Joe, Ned, and Jack,
Were all of them lock'd up in coffins of black.

And by came an Angel who had a bright key,
And he open'd the coffins and set them all free;
Then down a green plain leaping, laughing, they run,
And wash in a river, and shine in the sun.

Then naked and white, all their bags left behind,
They rise upon clouds and sport in the wind;
And the Angel told Tom, if he'd be a good boy,
He'd have God for his father, and never want joy.

And so Tom awoke, and we rose in the dark,
And got with our bags and our brushes to work.
Though the morning was cold, Tom was happy and
  warm;
So if all do their duty they need not fear harm.

이 시는 1789년에 발표된『순수의 노래(Songs of Innocence)』에 실려 있는 시예요. 당시 영국에는 어린 소년들이 굴뚝 청소부로 일했어요. 굴뚝의 연통이 좁아서 몸집이 작은 꼬마들만 그 잘록한 부분으로 기어 들어갈 수 있기 때문에, 이 시에서처럼 겨우 말을 뗀 어린아이들이 굴뚝 청소부로 혹사당했던 것이지요. 대영제국으로 커가는 영국의 굴절된 뒷모습이었다고 하더라도 참 너무 끔찍한 현실이었지요.

당시 산업화가 진행되던 영국에서는 많은 사람들이 도시로 몰려들면서 빈민들이 대거 발생하고 굶어 죽는 사람들도 부지기수였는데, 그 가운데 빈민층 아이들이 이런 노동의 현실에 내버려졌지요. 절대 빈곤의 상태에서 자기 아이들을 남의 집 문간에 버리거나 팔아먹는 경우도 허다했는데, 이 시 속의 화자는 엄마가 일찍 돌아가시자 아버지가 자기를 팔아버렸다고 합니다. 이 믿기지 않는 비참한 일이 당시 영국 사회에선 너무 흔했다고 해요.

이런 아이들을 보호하기 위해서 관련 노동법을 제정하는 일 등에 시인 블레이크는 큰 관심을 기울였는데, 법만으로도 해결될 수 없는 일이 바로 이 어린이 노동이었지 싶습니다. 시인이 이러한 참상에 큰 분노를 느꼈음은 말할 필요도 없고, 이 시는 그런 아픈 역사적 현실 속에서 탄생한 것입니다.

이 시에서 시인 블레이크가 입을 빌린 시 속의 화자는 순진무구한 어린아이예요. 혀가 짧아 'sweep'을 제대로 발음하지 못해 'weep'으로 겨우 발음하는 아이. 여기에서 'sweep'(청소하세요)이 'weep'(울어라)이 되는 상황은 이 아이의 현실을 기막히게 전달하는 효과를 낳습니다. 게다가 "당신네들 굴뚝을 내가 청소한다(your chimneys I sweep)"고 말할 때, 이 시를 읽는 독자라면 누구나 가슴이 뜨끔해지면서 그 아이를 비참한 노동으로 내몬 현실에서 스스로도 자유로울 수 없다는 느낌이 들 것입니다.

시의 화자와 함께 일하는 탐은 어쩌면 시인 화자보다도 더 어리벙벙한 아이입니다. 머리카락을 밀어야 할 때 우는 탐을 달래는 것이 화자이니까요. 그런 탐의 꿈속에서 천사가 나타나 그 많은 어린 굴뚝 청소부들을 검은 관에서 해방시켜 준다고 하네요. 얼핏 참 행복한 꿈이고, 꿈속에서나마 이 가련한 어린 청소부들은 잠시라도 행복했을 것 같아요.

그렇다면 현실에서 겪는 고통에 대해 그 꿈을 위안 삼아 잘 이겨내야 할까요? 블레이크는 이런 단순한 구도를 설정하고 있지는 않습니다. 아이들을 검은 관에서 해방시켜 준 천사의 말이 참으로 의미심장하게 들리기 때문인데요. 천사는 물론 아이들을 해방시키는 고마운 존재이지만 동시에 또 "착한 소년이 되면/ 하나님을 아버지로 모실 수 있고 언제나 기쁨에 넘칠" 거라는 말을 해요. 얼핏 들으면 크나큰 위안이 될 수 있고 순진무구한 아이들의 시선을 있는 그대로 대변하는 말 같지만, 다시 한 번 생각해 보면 이처럼 어린아이들을 불행한 현실로 내몬 체제에 대한 옹호로도 들릴 수 있는 말이 됩니다. 기막힌 시적 아이러니가 아닐 수 없습니다.

이 시에서 블레이크는 순진한 아이의 입을 빌려서 당대 현실을 고발하면서 그 모순을 예리하게 꼬집고 있습니다. 행복하고 기쁜 순진무구한 상태가 지고의 가치가 아닌 것은 물론이고, 교회에서 기도하는 자나 법대로 살아가는 모든 사람들이 이 어린아이들을 불행으로 내몬 현실에 알게 모르게 일조하고 있다는 것. 우리가 옳다고 믿고 배워 온 가치나 지식 또한 어쩌면 이처럼

섬뜩한 삶의 방식 안에서 또 다른 누군가의 희생과 불행을
낳는 것은 아닐지, 한 번 더 더듬어 생각하게 됩니다.

이 시를 읽을 때마다 떠오르는 사진 하나가 있어요.
제가 대학교 때 읽던 잡지에서 본 커버 사진입니다.
영어 공부를 하려고 정기구독을 하던 영문 잡지에서
그 주에 다루던 주제가 파키스탄의 어린이 노동에 대한
참상이었는데, 사진은 네 살 정도 되는 어린 사내아이가
자기 몸통만 한 벽돌을 힘겹게 들고 가는 장면이었답니다.
그때 그 어린아이의 표정에 어린 신산한 생의 고통을 저는
지금도 생생히 기억합니다. 당시 저는 가톨릭 세례를
받기 위한 준비를 하고 있었는데, 다른 교리는 어느 정도
이해가 되는데 원죄에 대해서는 잘 이해가 안 되어 고개를
갸우뚱하던 중이었지요. 죄를 짓지 않고 바르게 열심히
최선을 다해서 살면 된다고 생각하던 때였으니까요.

그러던 제게 그 사진은 인간이라는 존재 자체에
깃든 '빚짐'에 대한 생각을 강하게 환기해 주었지요.
살아가면서 내가 먹는 모든 것, 입는 것, 숨쉬는 공기 어느
하나 다른 존재에 빚지지 않는 것이 없겠구나라는 생각,
내가 누리는 것은 나의 노력에 의해 쉽게 정당화될 수
있다고 생각했는데, 그게 아니라는 것. 나와 관련이 있든
없든, 보이지 않는 먼 땅, 먼 시간의 다른 존재에 내 생이

빛지고 있는 모든 것에 대해 생각을 하면서 그때 저는 비로소 '나눔'에 대해 구체적으로 고민하게 되었답니다. 원죄라는 것도 자연스럽게 이해가 되었고요, 다만 열심히 최선을 다해 앞으로 나아가고 높이 오르는 것이 전부라는 생각에서 더 평평하고 깊게 나누면서 살아가는 삶의 방식에 대해서 진지하게 고민하던 출발점이 된 셈이지요.

블레이크의 시와 지난 날 만났던 어떤 사진을 떠올리면서 잊어야 할 것들과 잊지 말아야 할 것들에 대해 다시 한 번 생각해 봅니다. 눈에 보이는 것과 보이지 않는 것, 셈을 통해서 측정 가능한 것과 그렇지 않은 것이 있습니다. 하지만 우리가 살면서 중요하다고 배워온 것은 대개 눈에 보이는 것, 측정 가능한 것, 내 주변의 것, 내 한 몸, 내 가족의 일, 남들보다 나은 성취, 더 빠른 진보, 이런 가치들이지요.

감정이나 가치에 대한 교육 또한 자주 흑과 백으로 나뉘어 있어서 분노와 화, 울음과 고통, 무(無)는 부정적인 가치로, 기쁨과 행복, 웃음, 있음은 긍정적인 가치로 나뉘기에 모든 사람들이 저마다 더 많이 갖고 더 많이 행복하기 위해서 오늘 이 시간도 막무가내로 저당 잡힌 채 살고 있지요.

화내야 할 일에 화내고 분노해야 할 일에 분노하고

행복할 수 없는 상황은 행복하지 않기. 그럼으로써 더 인간답게 살고 더 많이 나누어 가지는 것. 지금부터 이런 연습을 해보면 어떨까 싶습니다. 보이지 않는 곳에서 고통받는 타인에 대해 손을 내밀기. 내 존재가 차지한 잉여의 몫은 다른 누군가의 희생의 몫임을 잊지 않기. 더 적게 얻고 더 적게 기쁘고 더 적게 행복함으로써 더 많은 이들을 더 적게 고통스럽게 하고 더 적게 울게 하는 일. 이 여름을 지나면서 잊지 말아야 할 것들을 이렇게 차곡차곡 적어봅니다. 울고 있는 굴뚝 청소부는 저 먼 나라의 아이만은 아니니까요.

언어 연습

2장의 언어 연습은 영시의 '압운 형식(rhyme scheme)'에 관한 거예요. 앞의 시는 여섯 개의 4행시(six quatrains)로 되어 있는데 AABB 압운 형식을 띠고 있어요. 각 행의 마지막 단어에 밑줄을 그어 보세요.

1 young, tongue, weep, sleep

2 head, said, bare, hair

3 night, sight, jack, black

4 key, free, run, sun

5 behind, wind, boy, joy

6 dark, work, warm, harm

소리 내어 크게 읽어 보세요. AABB 이제 알겠지요? 시인은 언어의 장인, 천재일까요? 가끔 그런 생각을 하며 시를 소리 내어 읽어봅니다. 시가 살아서 내게로 옵니다.

3 * 다른 무엇이 되어가는

“나무-책상-침대-합판-종이-연필-문”

나무가 책상이 되는 일
잘리고 구멍이 뚫리고 못이 박히고
낯선 부위와 마주하는 일
모서리를 갖는 일

나무가 침대가 되는 일
나를 지우면서 너를 드러내는 일
나를 비우면서 너를 채우는 일
부피를 갖는 일

나무가 합판이 되는 일
나무가 종이가 되는 일
점점 얇아지는 일

나무가 연필이 되는 일
더 날카로워지는 일

종이가 된 나무가
연필이 된 나무와 만나는 일
밤새 사각거리는 일

종이가 된 나무와
연필이 된 나무가
책상이 된 나무와 만나는 일
한 몸이었던 시절을 떠올리며
다음 날이 되는 일

나무가 문이 되는 일
그림자가 드나들 수 있게
기꺼이 열리는 일
내일을 보고 싶지 않아
굳게 닫히는 일
빗소리를 그리워하는 일

나무가 계단이 되는 일
흙에 덮이는 일
비에 젖는 일
사이를 만들며
발판이 되는 일

나무가 우산이 되는 일
펼 때부터 접힐 때까지
흔들리는 일

— 오은, 「나무의 일」에서

4월에서 5월로 넘어가고 다시 6월이 되면 연둣빛에서 초록으로 색이 짙어지며 생명력을 발산하는 나무를 오래 봅니다. 겨우내 메마른 가지로 꿋꿋하게 버티다가 봄이 되어 햇살과 바람을 받으며 나무는 다른 숨을 쉬는 것 같습니다. 봄 산책길에 나무에 물이 오른 걸 본 게 어제 같은데, 햇살은 벌써 쨍하고 나뭇잎이 만드는 그늘의 깊이가 한층 짙어졌습니다.

푸르디푸른 나무, 하늘을 향해 치솟으며 한없이 자라려는 나무, 자신이 뿌리내린 그 토양에서 최대한 많은 영양분을 끌어와 앉은 자리지만 자신의 생명력을 최선을 다해 확장하는 나무. 홀로 서 있으되 옆에 선 나무와 적절한 어울림을 만들어 서로 가지를 걸치는 나무…….

나무의 푸릇한 생명력을 찬미하기에도 바쁜 계절에 나무의 다른 이야기를 하는 시를 만났습니다. 오은 시인은 사회학을 전공한 시인인데요, 「나무의 일」에서 나무의 생명이 끝난 이후를 이야기합니다. 즉 땅에 뿌리를 내려 서 있는 나무가 아니라 잘려진 나무, 잘려 토막 나 어디론가 실려 간 나무, 거기서 다시 톱질과 대패질, 못질을 거쳐 다른 것이 되는 나무를 이야기합니다.

'나무의 일'이라는 제목만 보면, 나무가 작은 씨앗에서 발아하여 가지가 자라고 잎을 틔워 푸른 숲을 이루는 일을 이야기할 것만 같습니다. 네, 나무는 이 대기에 산소를 공급하는 중요한 자원입니다. 그리고 무엇보다 그 푸르름으로 우리 눈을 싱그럽게 하고 우리 마음을 고요하고 차분하게, 또 굳건하게 이끌어주는 신비한 힘을 가졌습니다.

하지만 시인은 그처럼 살아 있는 나무가 아니라 죽은 나무, 잘린 나무의 일을 이야기합니다. 나무가 책상이 되는 일, 잘리고 구멍 뚫리고 못이 박히는 일, 그 과정에서 나무도 낯선 부위와 마주하고 살아서 갖지 못했던 뾰족한 모서리를 갖는가 봅니다.

나무가 침대가 되고 합판이 되고 종이가 되고 연필이 되고 문이 되는 과정들. 그 과정은 나를 지우는 과정입니다. 변하지 않을 것으로 여겨졌던 내 본래의 성향, 내 본래의 힘, 내 본래의 구조, 뼈대들, 나를 지우고 나를 비우고 너를 받아들이고 너를 채워 나는 원래의 나와 다른 내가 됩니다.

나이테가 하나둘 더해져 크고 둥근 줄기가 든든한 기둥이 되는 나무. 나무는 지구상에서 가장 거대한 단일생명체라고 합니다. 나무는 사람보다 더 오래 삽니다. 1만 년이 넘는 나무도 있다고 하니까요. 지구에서 가장 거대하고 오래 산 나무로 알려진 제너럴셔먼 나무는 키가 80미터가 넘고 무게가 2000톤 가까이 된다고 합니다.

그 모든 나무의 위용과 역사를 떨치고 그만 죽어 잘린 나무의 일을 쓰는 시인. 나무는 가공이 쉬워서 인류 문명의 발전에 이바지를 많이 했습니다. 생각해 보니 나무만큼 살아서나 죽어서나 인간에게 헌신적인 존재가 어디 있나 싶습니다. 책상이 되고 합판이 되고 문이 되고 계단이 되는 나무. 이 시는 가만 보면 사람에 대한 나무의 희생 일기 같습니다.

종이가 된 나무, 연필이 된 나무, 책상이 된 나무가 만나 밤새 사각거리는 일은 한 몸이었던 시절을 아프게

파울라 모더존 베커,
「자작나무 길에 앉아 있는 소년」(1900년)

떠올리면서 동시에 다른 미래가 되는 일입니다. 이런 시인의 상상력은 동시에 죽은 나무를 부활시키는 과정이기도 합니다. 나무가 문이 되는 일, 그림자가 드나들 수 있게 기꺼이 열리는 일, 문이 된 나무는 심지어 빗소리를 그리워하기도 합니다.

계단이 된 나무가 흙에 덮이고 비에 젖습니다. 우산이 된 나무는 펼 때부터 접힐 때까지 흔들립니다. 시의 말미에 이르러 우리는 나무의 일이란 것이, 결국 우리 인간의 일이라는 걸 알게 됩니다.

우리 각자, 하나의 몸으로 태어나 하나의 이름을 얻어 어떤 가족 안에서 살아가지만, 우리의 하루하루가 결국은 나무의 일처럼 사후적인 변모로 꾸려나가지 않나 싶은 생각이 듭니다. 살아 있으되 죽은 나무의 일처럼 변화무쌍한 일들이 우리를 기다리고 있고, 우리는 우리의 뾰족한 부분을 닦아 둥글어지기도 하고 다른 낯설고 이질적인 것들과 만나 다른 무엇이 되기도 합니다.

이 모든 '되는 일'이 결국 우리가 우리에게 주어진 삶을 살아내는 과정이 아닐까 싶습니다. 그러므로 우리는 '나무의 일'에 우리 각자의 이름을 기입하여 어떤 무엇이 되어야 할까, 한 번쯤 되짚어 볼 일입니다. 그 과정은 무엇이 되고 싶어 의식적으로 노력하는

'되기'의 과정이기도 하지만, 밖으로부터 강제된 어떤 필연적인 요청에 따라 우리가 어쩔 수 없이 바뀌어야 하는 과정이기도 합니다.

시의 마지막에서 나무의 일이 '흔들리는 일'로 끝나는 것은 여러모로 의미심장합니다. 즉, 펼 때부터 접힐 때까지 그 시간이 찰나 같지만 실상 나무는 살아 있을 때도 끝없이 흔들리면서 자랐습니다. 흔들리는 일은, 그러니까 삶과 죽음 모두에 깃든 존재의 속성이기도 합니다.

꽃도 흔들리며 피고 나무도 흔들리며 자라고 나무가 우산이 되는 일도 흔들리는 일. 우리 모두는 흔들리며 무엇이 되고 있습니다. 그러므로 시인은 시의 말미에 다시 나무의 본원적인 생명력을 확인하고 불어넣는 데 성공합니다.

이 글을 읽는 여러분들은 아마도 한여름 그늘을 짙게 드리우는 나무가 아니라 아직 연둣빛 파릇파릇한 작고 보드라운 나무의 단계를 지나고 있겠지요. 그래서 더 높이 뻗고 더 무성하게 그늘을 드리울 희망 안에서 바쁘겠지요. 그 꿈을 간직하고서, 있는 힘껏 높이, 그리고 넓게 자라시길 바랍니다. 동시에 그러한 성장을 다하고 죽은 나무의 여러 일들을 가만히 헤아려 보시기를 당부합니다.

여러분은 어떤 나무가 되고 싶은가요? 어떤 나무의

꿈을 마음에 지니고 살고 싶은가요? '나무-되기'를 넘어 '잘린 나무-되기'는 또 어떤가요? 잘린 나무의 흔적을 알 수도 없는, 하지만 나무의 결은 간직한 '다른 존재-되기'는 또 어떤가요? 한 사람의 몸은 하나지만 우리가 되어가는 가능성의 세계는 무한히 열려 있습니다. 그 변모의 가능성이 가슴을 뛰게 합니다. 나무이면서 나무가 아닌 것. 그처럼 우리는 우리 각자이면서 또 우리 각자의 한계를 넘어 다른 무엇이 되어가는 존재.

이 시를 '나의 일' 혹은 '우리의 일'로 바꾸고 나무 대신 다른 주어를 넣어서 어떤 일련의 일들을 상상해 보아도 참 좋을 것 같습니다. 어떤 일을 행한다는 것은 미처 생각하지 못한 어떤 불가능을 가능으로 만드는 일. 싱싱한 계절에 그러한 다른 무엇 되기의 상상 속에서 우리 학생들이 널리 또 높이 오르기를 희망합니다.

언어 연습

3장의 언어 연습은 변신하기, 혹은 확장입니다. 시적 사유는 익숙한 통념에서 한 걸음 더 나아가 보는 것입니다. 어디에서 출발할까요? "나무가 우산이 되는 일"을 지나왔으니 우산에서 출발해 볼까요? 우산이 집이 되는 일은 어떤가요?

우산-집-(   )-(   )-(   )-(   )

마지막에 도달한 단어는 무엇인가요? 이런 변신, 연상, 혹은 확장은 경계를 넘어 새로운 사유를 열어 줍니다.

4 * 열등생의 자유로움

"Don't be a dunce, be a dunce?"

그는 머리로 아니라고 말한다
그러나 가슴으로는 그렇다고 말한다
그는 제가 좋아하는 것에게는 그렇다고 하고
그는 선생에게는 아니라고 한다
그는 자리에서 일어서고
선생은 그에게 질문을 한다
별의별 질문을 한다
문득 그는 폭소를 터뜨린다.
그리고 그 모든 것을 다 지워 버린다
숫자도 단어도
날짜도 이름도
문장도 함정도
선생님의 위협에도 아랑곳없이

우등생 아이들의 야유 속에서
모든 색깔의 분필들을 집어 들고
불행의 흑판에
행복의 얼굴을 그린다

— 자크 프레베르, 「열등생」에서

세상에는 재미있는 시인들이 참 많습니다. 자크 프레베르(Jacques Prévert, 1900~1977)라는 시인도 그러합니다. 그의 시는 전혀 어렵지 않고 대중적으로 쉽고 친근한 말들로 이루어져 있습니다. 참 재치 발랄합니다. 제가 프랑스어를 잘 몰라서 영어 번역으로 읽었는데, 자연스러운 호흡 속에서 기발한 사유가 물 흐르듯 흐르는 시들이 참 좋았습니다. 우리말로 번역된 시집 『절망이 벤치에 앉아 있다』(민음사)로 읽어도 참 좋습니다.

이 글을 읽는 우리는 아마 열등생보다는 우등생이 더 많을 것 같아요. 저도 어릴 때 우등생 소리를 많이 들었고 열등생 소리는 듣지 못했어요. 착한 딸, 착한 며느리에 더해 지금도 우등 선생님이 되려고 노력하는 중이라 매일 허덕입니다. 열등생은 저와는 먼 얘기 같은데, 시를 읽다 보면 너무 매력적인 이 캐릭터를 닮고 싶다는 생각이 들어서 주저 없이 이 시를 골랐답니다.

우리말 번역 시집에 '열등생'이라는 제목으로 옮겨진 시의 프랑스어 원문은 'Le Cancre'이고, 영어 번역은 'The Dunce'입니다. 열등생이라는 말 대신 '지진아' 혹은 '부진아'라고 해도 되는 단어들입니다. 그렇다면 이 열등한 학생이 어찌 사는지 한번 볼까요. 그는 머리로는 'No'라고 하고 가슴으로는 'Yes' 한다고 해요. 좋아하는 것에 예라고 하고 선생에게는 아니오, 한다니, 이 얼마나 용감한가요? 그 당찬 성격을 좀 닮고 싶기도 합니다.

이제 고백하지만, 저는 '착한 아이 콤플렉스'가 좀 있어서 어릴 때부터 선생님 말씀이건 부모님 말씀이건 친구 말이건 거절을 잘 못 했답니다. 그러다 보니 늘 '예'라고 약속한 그 말에 책임을 지기 위해 그 무게에 짓눌려 때로는 허덕허덕, 남들보다 늘 해야 하는 일이 더 많았지요.

유난히 일이 더 많이 꼬이는 듯하던 어느 날 문득 생각해 보니, 내가 뭘 위해 그렇게 죽자고 일하고 있는지 잘 모르겠는 거예요. 그래서 몇 해 전부터 거절하는 연습을 따로 하면서, '예'보다는 '아니오'를 더 많이 하려고 일부러 애써 노력한답니다. 그리고 그 연습이 요즈음 좀 효과를 발휘하는지, 하기 힘들면서 꾸역꾸역 했던 행정적인 일들의 무게를 줄이고 제가 정말 좋아하는 일, 시를 읽고 번역하고 소개하는 일을 조금 더 신나게 하고 있답니다. 그래서 이 글도 다른 때보다 더 신나게 쓰고 있어요.

시에서 시인은 열등생의 여러 모습들을 열거합니다. 선생이 별의별 질문을 다 하는데, 착실히 대답하지 않고 지워버린다고 하네요. 폭소를 터뜨린다고도 하니, 실제로 교실에 이런 학생이 있다면 아마 선생님은 이를 어떻게 다스리실까요? 제 강의실에 어떤 학생이 엉뚱하게 딴소리를 늘어놓는다고 상상만 해도 저는 머리가 지끈지끈 아파 오는데 말입니다.

그래도 저는 늘 학생들에게 이렇게 이야기합니다. '예' 하지 말고 '아니오' 하고, 그냥 쉽게 수긍하지 말고 물음표를 치고 질문하라고요. 그래서 저는 엉뚱한 질문을 매우 격하게 환영하는 너그러운 선생이 되었지요. 예전에 제가 그러지 못했기에, 저는 뒤늦게 '삐딱한 학생'을 열렬히 환영하는 선생이 되었답니다.

시인 프레베르가 그리고 있는 이 학생은 대단합니다. 선생님의 질문은 지워 버리고, 숫자도 단어도 날짜도 이름도 문장도 함정도, 선생님의 위협에 아랑곳하지 않고 다 지워 버린다고 하네요. 그러고는 "우등생 아이들의 야유 속에서" 색색깔의 분필을 들고 "불행의 흑판에/ 행복의 얼굴을 그린다"고 합니다. 와, 이 대목에 이르면 마음속에서 이상한 해방감이 일렁입니다. 시인은 우등생들의 놀림과 야유를 받는 교실에서 너무 멋진 열등생을 만들어서 열등생이 자기 주관대로 만드는 행복을 상상합니다.

프레베르가 이 시를 쓴 시기는 1945년, 인류 역사를 생각해 보면 1945년은 2차 세계대전이 막바지로 치닫던 때, 참 불행했던 시기였답니다. 세계대전을 겪으며 너무 많은 이들이 죽었고, 무고한 이들이 학살당했고요. 그 수많은 불의와 불행은 어떤 면에서는 '아니오'라는 말은 할 줄 모르고 '예'라는 말만 하도록 교육받은 너무 착한 바보들이 만든 것이기도 합니다. 시인은 그걸 예리하게 간파하고 있었던 거예요. 참 놀랍지 않나요?

한나 아렌트(Hannah Arendt)라는 독일 철학자는 1963년에 출판한 『예루살렘의 아이히만』이라는 책에서, 유대인 대학살을 두고 나중에 벌어진 재판에서 600만 명의 유대인 대학살의 책임을 추궁당하는 전범 아이히만(Karl Adolf Eichman)이 어떤 반성도 할 줄 모르는 것을 보고 '악의 진부함(Banality of Evil)'이라는 표현을 합니다.

아이히만은 살면서 단 한 번도 법을 어긴 적이 없고 언제 어디서나 최선을 다했던 사람이었지요. 그는 유대인 대학살의 책임을 묻는 법정에서 자신은 남을 해치는

것에는 아무 관심이 없다고 말하며, 무얼 잘못했는지 모르겠다고 항변합니다. 자신이 고안한 가스실에서 수많은 유대인들이 죽어 갔지만, 자신은 단 한 사람도 자기 손으로 죽이지 않았고 죽이라고 명령하지도 않았다고 하며, 그 모든 것이 자신의 권한이 아니었다고 이야기합니다. 그는 너무 착실하게 상관의 말을 잘 따른 모범 부하였고 준법정신에 투철한 보통의 평범한 국민이었다는 겁니다.

8개월간 지루하게 재판을 지켜본 아렌트는 다른 사람의 처지를 생각할 줄 모르는 생각의 무능은 말하기의 무능을 낳고 행동의 무능을 낳는다면서, 반성할 줄 몰랐던 그의 평범한 무감, 비인간적인 명령이 잘못되었다 느끼지 못하고 맹목적으로 따랐던 그 온순함이 그토록 큰 역사적인 죄를 짓게 되었다고 일갈합니다.

어떤 일이 생기면 우리는 대개 '나는 중립이야.'라고 선언하며 물러납니다. 그러나 대개 중립은 늘 힘이 있는 편을 도와주지, 힘 없는 피해자의 편을 도와주지는 않습니다. 침묵 또한 고통을 주는 사람 편에 있지 고통을 받는 사람 편에 있지는 않습니다. 불의에 방관하는 것, 소리를 내면 귀찮고 성가신 일이 많을 것 같아서 눈을 감는 것, 이런 것은 모두 중립이라는 가면을 쓴 채 결국엔 정의에 눈 감고 불의를 도와주게 됩니다.

시인 프레베르가 이 시에서 비틀어 말하는 것도 그처럼 시스템의 노예, 법과 질서의 노예가 되는 수많은 '착실한' 사람들의 사유 불능의 상황입니다. 그걸 열등생은 간단히 깨고 있는 것이지요. 아마 지금의 우리 교실은 제가 학교를 다니던 때보다 훨씬 더 민주적으로 바뀌어서, 아마 이 시 속에 나오는 프레베르의 생각에 동의하는 선생님들이 많이 계시리라 생각해요. 온순한 순종이 아니라 독자적인 사유의 힘을 길러주는 교실의 여러 활동들이 있어서, 이 시에서 행복한 얼굴을 그리는 열등생이 실은 활달하고 자유분방한 학생들의 여러 얼굴들과 겹치리라 생각해요.

지나간 학창 시절을 돌아보니, 그때 선생님의 눈에 들지 못하고 반항해서 야단을 맞던 친구들의 얼굴이 떠오릅니다. 칭찬을 많이 받던 저는 뒤늦게 모범생 콤플렉스를 벗고 '아니오'를 연습하고 있는데, 장난치는 걸 좋아했던 이 열등생 친구들은 아마 지금 저보다 더 멋진 중년을 맞이하고 있을지도 모르겠습니다.

그러니 우리 청소년들은 이 시에서처럼, 숫자나 단어, 날짜나 이름은 지워 버리고, 늘 불행한 사건들이 생기는 이 세계에서 매일 행복한 얼굴을 새로 그리는 연습을 더 해보면 어떨까요? 어떻게 하냐고요?

시를 더 읽고, 더 많이 걷고, 하늘을 더 자주 쳐다보고, 가족과 친구들 얼굴을 더 유심히 바라보면 됩니다. 적어도 어제보다는 오늘 더, 우리는 행복하게 살 권리와 자격이 있으니까요. 무성하게 돋아난 저 숲의 초록 이파리들처럼 행복한 이야기를 무궁무진 많이 만드는 열등생들의 자유로운 여름날을 기대해 봅니다.

언어 연습

4장의 언어 연습은 이걸 해봐요. 'banality of evil'을 생각해 봐요. 한나 아렌트의 말을 이어받아서 괄호 넣기를 해보는 거지요.

__________________ of evil

흠…… 어떤 단어를 넣을까요? 이 순간 저는 'forgetfulness'라는 단어가 떠오릅니다. 기억해야 할 사건, 잊지 말아야 할 일, 지우면 안 되는 것들을 너무 쉽게 망각 속으로 떠나 보내는 것도 악의 특징이라는 생각이 듭니다. 여러분은 어떤 단어를 채웠나요?

5 * 상처를 넘어서는 꽃의 윤리

"Pain is a flower like that one."

긴 겨울이 조금씩 물러가면, 겨우내 녹지 않을 것 같던 좁은 골목 양옆으로 쌓인 눈도 어느 사이에 다 녹고 사라집니다. 겨울 하늘이 쨍하게 맑았다 흐려지면서 기온도 조금씩 오르고 바람도 조금은 더 순해지고요. 겨울나무 마른 가지도, 눈에 보이진 않지만 땅 속 깊은 뿌리에서 생명을 피워 올릴 수액을 부지런히 긷고 있겠지요.

눈을 좋아하고 겨울을 좋아하지만 추운 이들이 너무 많은 이 땅에서는 매운 겨울바람을 맘껏 즐기는 일도 미안하고 죄스러운 일인 것만 같아서 말없이 산길 걷는 시간이 더 많아졌습니다. 봄이 올까요? 봄이 오긴 올까요? 긴 겨울 끝, 도무지 오지 않을 것만 같은 봄을 기다리면서 꽃에 대한 시 두 편을 떠올립니다.

로버트 크릴리(Robert Creeley, 1926~2005)라는 시인의 「꽃(The Flower)」이라는 시와 김춘수의 같은 제목의 시입니다. 고등학교 때 배운 김춘수의 시는 모두 한 번쯤은 들어본, 귀에 익은 시일 거예요. "내가 그의 이름을 불러주기 전에는/ 그는 다만/ 하나의 몸짓에 지나지 않았다."로 시작하는 시, "내가 그의 이름을 불러 주었을 때" 그는 나에게로 와서 하나의 꽃이 되지요. "우리들은 모두/ 무엇이 되고 싶다./ 나는 너에게 너는 나에게/ 잊혀지지 않는 하나의 의미가 되고 싶다."로 끝나는 이 시는 존재와 관계 맺음에 대한 여러 겹의 의미들을 떠올리게 합니다.

누군가를 좋아하고 마음에 품게 되면 서로에게 하나의 의미가 되고 싶은 열망을 이 시의 구절들에 기대어 전하기도 하고요. 고등학교 국어 수업 시간에 밑줄 쫙 그으면서, "사물로서의 꽃에 대한 이름과 그 의미에 대한 고찰이 존재론적, 인식론적, 형이상학적 성찰을 가능하게 하는……" 식의 어려운 해석들에 고개를 갸웃거리면서 배운 시이기도 하지요.

막상 시인은 이 시에 대해서 독자들의 해석보다는 오히려 쉽게 쓰인 시라고 고백합니다. 6·25 전쟁 중에 마산에서 중학교 교사 생활을 할 때, 어두워오는 저녁,

판잣집 교무실에서 책상 위 유리잔에 담긴 하얀 꽃 한 송이를 보고 쓴 시라고 하네요.

어두워오는 저녁 배경과 그 어둠 속에서 드러나는 하얀 꽃 빛깔의 대조. 그 흰 빛이 시인의 눈에 환하게 포착되는 순간을 시인은 하나의 사물로서의 꽃이 시인에게 구체적인 대상으로서의 꽃이 되는 변화로 이야기를 하는 것 같아요. 내가 인식하기 전에는 아무것도 아닌 것이 인식을 통하여 명명되고, 나에게 의미가 되는 바로 그 순간의 접점을 말이지요.

이 시가 나와 너, 우리의 관계 맺음에 대한 성찰을 담고 있다면, 다음에 소개할 로버트 크릴리의 시는 좀 더 다른 방식으로 꽃과 인간 존재의 본질에 대해 이야기하고 있답니다. 먼저 시 전편을 한 번 읽어보고 이야기를 나누어 볼까요?

나는 긴장을 기르나보다.
아무도 가지 않는
어느 숲속의
꽃들처럼.

상처는 저마다 완전하여

눈에 띌까 말까 한
작은 울을 만들고
아파하네.

아픔은 저 꽃과도 같아,
이 꽃과도 같고
저 꽃과도 같고
이 꽃과도 같아.

— 로버트 크릴리, 「꽃」에서

크릴리는 사실 제가 미국에서 시를 공부하던 시절, 자주 뵌 시인입니다. 뉴욕주 버펄로에서 시를 쓰고 가르치시다가 은퇴하신 뒤에도 시 세미나가 진행되던 4층 건물, 호수가 내려다보이는 전망 좋은 방에 자주 들러서 그 긴 세미나 시간을 처음부터 끝까지 함께하면서, 묵묵히 학생들의 목소리를 듣고 간간이 울림이 큰 저음의 목소리로 시인의 생각을 들려주시곤 했지요.

1926년에 태어난 시인은 어릴 때 사고로 눈을 다쳐서 한쪽 눈이 실명되었는데 그 모습이 더욱 대가로서의 분위기를 자아낸다는 철없는 생각도 하면서, 저는 시인 크릴리와 함께했던 모든 시간을 참 좋아했지요.

1950년대 미국시의 현장에서 '블랙마운틴 운동'을 이끌기도 한 시인은 2005년에 폐렴으로 갑자기 돌아가시기 직전까지도 시 낭송을 즐겨하시면서 일상생활 속에서 시의 자리를 고민하고 많은 독자들과 함께 시를 나누려고 하셨지요. 20세기의 에밀리 디킨슨(Emily Dickinson)이라는 말을 들을 정도로 간결한 시를 쓴 시인의 많은 시에서 제일 먼저 떠오르는 시가 바로 이 「꽃」이라는 시예요.

이 시 또한 김춘수의 시처럼 꽃에 대한 시이기도 하고 꽃 아닌 것들에 대한 시이기도 해요. 꽃을 생각하면 누구나 이쁜 것, 좋고 환한 것, 아름다운 존재라는 생각들을 하잖아요. 그런데 시인은 아무도 가지 않는 숲속의 꽃으로 독자의 시선을 이끕니다. 그 좋고 이쁜 꽃에다가 상처와 고통을 겹 대어 이야기하는 시인은 도대체 무엇을 보고 있는 것일까요?

저는 이 시를 읽기 전에는 한 번도 꽃의 아픔과 꽃의 상처를 생각해 보지 못했기 때문에 이 시를 처음 읽었을 때 뭐랄까, 눈이 확 열리는 듯한 느낌과 머리를 얻어맞는 가벼운 둔통을 동시에 느꼈답니다. 시적인 깨달음, 시적인 만남이 그러한 것인지, 그 순간 저는 존재에 내재해 있는 아름다움의 이면, 즉 모든 존재의 꽃 핌은 아픔과 고통을 동반한다는 그런 생각을 스치듯 했지요.

더구나 이 시인이 포착한 꽃은 사람들의 눈을 단번에 사로잡는 크고 화려한 꽃이 아니라 아무도 가지 않는 숲속에 핀 이름 모를 들꽃이거든요. 하지만 그 들꽃 또한 자기 존재의 완결성을 지니고 있고, 그 완결성은 각각의 작은 울 안에 그득 품고 있는 상처와 고통의 자리에서 피어난 것이지요.

특히 마지막 연에서 말하는 고통에 대한 성찰은 꽃 한 송이의 존재의 완결성을 뛰어넘는 인식을 담고 있습니다. "아픔은 저 꽃과도 같아,/ 이 꽃과도 같고/ 저 꽃과도 같고/ 이 꽃과도 같아"라는 간결한 구절에 담긴 시인의 인식은 단독자로서 한 존재의 탄생과 열림, 그 이면의 상처를 넘어서 모든 존재들의 고통으로 시선을 넓히고 있습니다.

이 시를 소리 내어 즐겨 읽는 저는 이 마지막 구절을 읽을 때면 늘 약간은 목이 매이는데, 그 이유가 아마도 꽃이라는 가장 작고 약하면서 예쁜 존재를 통하여 드러내 보이는 인간 존재의 보편적 상처와 아픔에 대한 시인의 시선 때문인 것 같아요. 이 시선이 다름 아닌 시의 윤리와 사랑이 아닐까, 내 것으로 만들고 싶고 내 것을 확장하고 싶은 그런 이기적인 사랑이 아니라 모든 이름 없는 존재가 살아가는 방식에 대한 시인의 사랑, 모든 이름 없는 존재가 꽃피는 과정에서 늘 함께하는 상처와 고통의 이야기, 그리고 그 상처와 고통은 내 것이기도 하고 당신의 것이기도 하다는 인식.

봄은 과연 올까요? 우리 시대에 시를 이야기하는 것은 어떤 의미가 있을까요? 철학자 테오도어 아도르노(Theodor Adorno)는 "아우슈비츠 이후에 시를 쓴다는 것은 야만이다."라는 말로 2차 세계대전 나치의 유대인 대학살을 목도한 지식인의 시선으로 현실 속에서 시의 자리와 시의 윤리를 환기하고 있습니다. 주위를 둘러보면 일상 속에 도사린 폭력과 야만의 문화는 어쩌면 외양을 바꾸어 우리를 더욱 보이지 않게 옥죄고 있다는 생각이 듭니다. 경쟁 속에서 살아남기, 요즘 자주 하는 말로 '스펙'을 쌓기 위한 노력과 분투는 이미 유치원 때부터 시작되고 교육의 현장에서 "우리 모두 함께"의 삶의 방식은 "나만이라도" 식의 차별화 방식에 눌려 기를 펴지 못하지요.

공감과 사랑은 좋은 시절 나눠 먹기 좋은 막대 사탕 같은 단어가 아니라, 시인이 시에서 나직하게 들려주듯 모든 크고 작은 존재의 슬픔과 고통을 함께 아우르는 인식 위에서 꽃이 피는, 어두운 시절을 버티게 하는 최소한의 윤리가 아닐까 합니다. 꽃에 대하여 혹은 꽃 아닌 것에 대하여, 시가 새롭게 열어 보이는 윤리의 자리에 함께 서서 고민하는 이 시간, 여러분은 모두 작고도 완전한 한 송이 꽃입니다.

언어 연습

5장의 언어 연습은 꽃에 대한 새로운 사유를 시적인 문장으로 써보는 거예요. 가령 이런 건 어떨까요? 저는 꽃을 기다림과 연결시켜 생각하곤 합니다.

I think I grow ________
like flowers
in a ________ where
nobody goes.

저는 여기에 'time'과 'room'을 각각 넣어보았는데요. 여러분의 꽃은 어디에서 어떤 모습으로 피어나고 있는지요?

6 * 본질은 파괴될 수 없다

"Secrets of an Oak Tree"

떡갈나무여, 그들이 네 가지를 쳐낸 모습이라니
이제 넌 기이하고 낯설게 서 있구나!
너는 수백 번 난도질당해서
고집과 의지 외엔 아무것도 남아 있지 않네!

나 또한 너와 같아. 그처럼 많은 모욕과 굴욕들도
내 생명의 연결고리를 흔들어놓지 못했어.
그리하여 매일 나는 셀 수 없는 모욕 너머로
새로운 빛을 향하여 내 이마를 내민다.
한때 내 안의 부드럽고 향기롭고 연약했던 것을
세상은 죽도록 조롱했지만
내 본질은 파괴될 수 없는 것,
나는 평안하게 화해하며

수백 번 난도질당한 가지에서
참을성 있게 새로운 잎을 돋운다.
그 모든 고통과 슬픔에도 불구하고
나는 여전히 이 미친, 미친 세상을 사랑하니까.

— 헤르만 헤세, 「가지를 쳐낸 떡갈나무」에서

헤르만 헤세(Hermann Hesse, 1877~1962)는 독일이 낳은 소설가지요. 1946년 노벨문학상을 탄 작가인데, 소설가로서만이 아니라 시인으로도 화가로도 유명합니다. 『수레바퀴 아래서』, 『청춘은 아름다워』, 『데미안』, 『나르치스와 골드문트』, 『황야의 이리』, 『유리알 유희』, 셀 수 없이 많은 작품들이 있는데, 저는 헤세의 작품을 원어로 읽기 위해서 고등학교 때 필수 선택과목으로 주저 없이 독일어를 제2외국어로 골랐던 기억이 있습니다.

"새는 알에서 나오려고 투쟁한다. 알은 세계이다. 태어나려는 자는 하나의 세계를 깨뜨려야 한다. 새는 신에게로 날아간다. 신의 이름은 압락사스이다." 『데미안』에 나오는 이 구절을 이유도 모르고 줄을 그어가며 읽고 새기던 한 여학생, 딱 여러분 나이일 때 제 모습입니다. 헤세의 시를 읽다 보면 그 옛날 첫사랑의 시절로 돌아간 듯 마음이 설렙니다.

독일어 원문으로 읽으면 더 좋겠지만, 가지고 있는 게 영어책이라서 영어본과 한글본을 함께 들려드립니다.

Oh oak tree, how they have pruned you.
Now you stand odd and strangely shaped!
You were hacked a hundred times
until you had nothing left but spite and will!

I am like you, so many insults and humiliations
could not shatter my link with life.
And every day I raise my head
beyond countless insults towards new light.
What in me was once gentle, sweet and tender
this world has ridiculed to death.
But my true self cannot be murdered.
I am at peace and reconciled.
I grow new leaves with patience
from branches hacked a hundred times.
In spite of all the pain and sorrow
I'm still in love with this mad, mad world.

시인은 가지를 쳐낸 떡갈나무를 바라봅니다. 가지치기를 해야 더 잘 자라니까 어쩌면 가지치기는 나무로서는 필연코 겪어야 하는 성장 과정이겠습니다.

왜 가지치기를 했는지, 그 질문은 여기에서 나오지 않습니다. 모든 것은 사건이 일어나고 난 이후의 일, 시인은 그 이전으로 돌아가지 않습니다. 아무리 기이하고 낯설게 느껴진다 하더라도 이미 가지 잘린 떡갈나무에 이전의 가지를 붙일 수는 없기 때문입니다.

이처럼 냉정하게 현실을 인식하는 모습은 수많은 사건, 사고를 겪으면서 살아가는 우리네 삶의 길을 떠올리게 합니다. 온 국민을 슬픔으로 몰아넣었던 세월호의 비극만 보더라도, 우리는 2014년 4월 16일 그 아침으로 돌아갈 수 없습니다. 인생을 바꾸어 놓는 사건들, 한순간의 실수, 가슴을 치게 만드는 교통사고, 몇 초만 빨랐더라도, 늦었더라도, 이 모든 안타까운 후회 속에 변하지 않는 단 하나의 사실은, 그 이전으로 돌아갈 수 없다는 점입니다.

시인은 그래서 가지가 잘린 떡갈나무에게 왜 잘렸는지를 묻지 않고, 거기에서 새로운 잎을 피워내는 방식을 이야기합니다. 수백 번의 난도질에도 불구하고 든든히 버티고 서 있는 떡갈나무의 고집과 의지. 아무리 흔들어도 변하지 않으리라는 믿음. 시인은 무참히 가지 잘린 떡갈나무를 보면서, 떡갈나무의 아픔 위에서 나의 아픔을 함께 겹쳐 읽습니다. 수많은 모욕과 굴욕을 입고서도 고개를 수그리지 않고 당당하게 이마를 새로운 빛을 향해 내미는 힘. 그 인내를 배웁니다.

물론 우리는 압니다. "나 또한 너와 같아서."라고 말할 때 그런 수긍도 얼마나 쉽지 않은지. 나 또한 너와 같이 무참히 베였다는 수긍은 그 자체로 아픔입니다. 얼마나 많은 고비와 인내, 굴곡을 넘어왔는지, 그 짧은 말에 담겨 있습니다.

그 '너와 같음'이 아픔을 호소하기 위한 것이 아니라 인내와 의지를 이야기하기 위함이란 것이 바로 뒤에서 밝혀지면서 목소리에 더욱 힘이 실립니다. 내가 거쳐 온 그 많은 모욕과 힘겨움도 삶/ 생명/ 살아 있음의 연결고리를 흔들어놓지 못했으니까요.

그래서 나는 그처럼 많은 모욕과 감당하기 힘든 상처에도 기죽지 않고 새로운 빛을 향한다고 합니다. "한때 내 안의 부드럽고 향기롭고 연약했던 것을/ 세상은 죽도록 조롱했지만/ 내 본질은 파괴될 수 없는 것"이라는 담담한 선언은 조용하지만 그 어떤 말보다 울림이 크게 다가옵니다.

그래서 어지러운 혼돈과 아픔 속에서도 평화를 되찾을 수 있고, 참을성 있게 새로운 잎을 틔울 수 있는 것이고요. 수백 번 난도질당한 가지에서 피어나는 새로운 잎은 그만큼 더 푸르고 단단하게 열매 맺겠지요. "그 모든 고통과 슬픔에도 불구하고 나는 여전히 이 미친, 미친 세상을 사랑한다"는 고백이 헛되게 들리지 않는 것은, 그 사랑이 그냥 사랑이 아니라, 모든 슬픔과 고통, 굴욕을 거쳐 지나온 사랑이기 때문입니다. 흉하게 가지를 쳐낸 떡갈나무를 보면서 시인이 다다른 인식은, 이 세상을 살아가는 우리 모두에게 따끔한 예방주사처럼 아프게 와 닿습니다.

지금은 할머니가 된 저의 엄마는 노래를 즐겨 부르십니다. 아침 준비를 하시면서 늘 낭랑하게 노래하시던 엄마의 그 흥얼거림이 알게 모르게 큰 에너지의 뿌리로 저를 키웠음을 잘 압니다. 그 즐겁고 낙천적인 어머니는 자주 제게 "인생은 고해(苦海)란다."고 하셨습니다. 고통의 바다를 건너는 것이 얼마나 힘이 들겠냐고, 그래서 작은 일에 쉽게 기뻐하지도 쉽게 기죽거나 낙심하지도 말라고 하셨는데, 당시엔 잘 이해가 가지 않던 그 말씀의 뜻을 이제야 알겠습니다.

세상은 이해할 수 없는 고통과 아픔으로 가득 차

있습니다. 가난한 나라에서 태어나 굶어 죽는 아이들도 있고, 멀쩡하게 잘 살다가 병들어 고통받는 이들도 많고, 자연재해에 목숨을 잃기도 하고, 부자 나라에서도 헤어 나올 길 없는 불행 속에서 사는 이들도 많습니다. 겉으로 보면 남부러울 것 없는 환경이지만 마음은 지옥을 살아가는 이들도 많고, 뜻하지 않는 사고로 사랑하는 이들을 갑자기 떠나보내야 하는 이들도 너무 많습니다. 그 모든 고통과 불행에 대해서 우리는 답을 다 얻지 못합니다.

하지만 답을 얻지 못한다 해도 포기할 수는 없습니다. 나를 때리는 세상의 우연과 비참이 나를 꺾게 내버려 둘 수는 없으니까요. 우리에겐 그 모든 고통과 슬픔에도 불구하고 이 미친, 미친 세상을 잘 살아가야 할 의무가 여전히 남습니다. 생이 다하는 순간까지, 이 미친 세상을 끌어안고 어떻게든 고치고 다독이며 살아야 할 의무. 어떻게 그게 가능할까 생각해 보면, 역시 답은 내 본질을 올곧게 지켜나가는 의지와 "나 또한 너와 같아서"라는 공감력인 것 같습니다.

나 또한 너와 같다는 공감 의식은 우리가 잘 살피지 못하는 공공의 영역에 대한 상상력을 틔워줍니다. 나는 너와 달라서, 우리 부모는 너희 부모와 달라서 이렇게 내가 특별하게 살아야 한다는 것이 아니라, 나는 너와 같기 때문에, 나는 너의 아픔을 알고, 네가 그 아픔을 넘어가는 과정도 함께 지켜보고, 너 또한 내 아픔을 알고 함께 가자는 것. 끝없는 무한 경쟁의 소용돌이에 자기 의지와 상관없이 휘말려 살아가는 우리 청소년들이 길러야 할 가장 중요한 생명 의지가 이처럼 공감할 수 있는 의식이 아닐까 싶습니다.

이 세상의 길을 홀로 걸어갈 수 있는 이는 없습니다. 한 번의 모욕과 실패에 허리가 꺾여 넘어지면 더더욱 안 됩니다. 다들 그렇게 넘어지고 다시 일어나 함께 걷는 것이 우리 인생입니다. 가끔 상상도 못한 일이 우리를 꼼짝 못하게도 합니다. 코로나 팬데믹이 그랬던 것처럼요.

눈에 보이지 않는 그 감염의 가능성 때문에 우리는 숨도 제대로 쉬지 못했습니다. 전염병을 이기는 일은 그저 단순한 격리나 추방으로 가능하지 않다는 것을 우리는 알게 되었습니다. 나 또한 너와 같다는 고통의 공감을 서로 나누어 해결책을 함께 찾아야 합니다. 그러할 때 '격리' 너머, 이 힘들고 고통스러운 세상의 일들이 새 빛을 받아 푸른 이파리로 다시 피어날 것입니다.

세상의 조롱에 굴복하지 않고, 세상이 아무리 나를 흔들어 댄다 하더라도 굳건히 내 본질을 지켜나가는 의지, 그 마음에 더해, 나도 너와 같고 너도 나와 같아서 이 세상의 고통을 함께 응시하자는 나눔의 마음이 그래서 중요합니다. 그 의지와 나눔이 수백 번 가지 친 떡갈나무에서 새 잎들을 틔우는 기적을 볼 것입니다.

고통의 바다를 항해하는 데는 나만의 나침반만 필요한 것이 아닙니다. 노를 함께 저을 친구, 나도 너와 같다는 인식을 나누어 함께 견디는 친구, 내가 피곤하고 지쳐 잠시 눈감을 때 나침반을 봐주는 누군가가 필요합니다. 결국 우리는 모두, 각자가, 가지를 잘린 나무이니까요.

언어 연습

6장의 언어 연습은 정말로 단어 연습을 해볼까 합니다. 시에는 좋은 뜻을 가진 예쁜 단어만 나오는 게 아니라는 것, 시의 진실은 아픔을 아프다고 하는 데서 나온다는 것을 새롭게 하기 위해 다음 단어들을 더 살펴보아요.

prune: 잘라내다, 가지치기하다, 쳐내다
hack: 거칠게 자르다, 난도질하다
spite: 앙심, 악의, 괴롭히다
insult: 모욕하다, 모욕적인 말이나 행동
humiliation: 굴욕, 수치
ridicule: 조롱하다
murder: 살해하다
reconcile: 화해하다
patience: 인내, 참을성

7 * 계속 걷는 힘

"Deep breathing, step-by-step"

모든 일을 즐겁게 시작하고,
시작했다면 전념하라.
과거에 입은 마음의 상처에 매달려
고통을 반복하지 마라.
그것은 이미 과거일 뿐.
생명은 오직 미래에 있는 것.
살아 있는 미래를 위해,
정신의 치유를 위해 일하라.
그래도 고통이 닥치면
신께 의지하라.
신은 고통과 상처를 극복하도록
기꺼이 힘을 빌려주신다.

— 니스퀼리 족과 퓨알럽 족의 「일의 목적」에서

이 글을 쓰는 겨울 저녁이 좀 쓸쓸했음을 먼저 고백합니다. 시절이 하 수상하여 젊은이들이 자꾸만 죽어 나가는 이 땅에서 다시 겨울을 맞으며 어떤 말로 희망을 지필 수 있을까 생각하면서 다른 때보다 기운이 없었다는 것을 좀 부끄럽게 고백합니다. 네, 명랑하고 발랄하고 유쾌한 선생님도 가끔 힘이 죽 빠질 때가 있거든요. 어린 학생들이나 젊은이가 어떤 절망 속에서 생을 접었다든가 하는 아픈 소식들을 접하고 나면 몸살처럼 마음앓이를 심하게 겪곤 합니다.

고운 아이들, 아이들의 꿈을 생각해 봅니다. 우리 각자는 무엇이 되고 싶은가요? 무엇을 할 때 가장 행복한가요? 무얼 할 때 살아 있음이 다행이다 싶은가요? 책을 읽고 느낌을 나누는 일, 노래를 부르고 운동을 하는 일, 성실하게 하루하루 살아내는 일, 실수를 해도 아무렇지 않게 넘어가는 일, 친구를 위해서 내 소중한 시간과 힘을 내어줄 때 느끼는 기쁨, 거리에서 걸음 불편한 할머니를 부축하는 일, 길 잃은 강아지를 돌보는 손길, 불의를 보고 분노하고 아픔을 보고 슬퍼하는 일.

이토록 많은 아이들의 꿈과 희망과 노래와 축원들과 일상의 작은 기쁨들은 다 무엇으로 열매를 맺을까요? 이 수많은 축복들이 희망들, 고운 꿈들이 다 어디에 머물고 있기에 이 땅에 이토록 많은 절망과 죽음들이 떠다니고 있을까요? 어디에서 무엇이 잘못된 것일까요? 무얼 바라길래 우리 각자는 이토록 힘겹고 외로울까요? 어디에서 어떻게 이 세계에 만연한 고통과 아픔을 희망의 빛으로 바꾸어 나갈 수 있을까요?

이 생각을 하다가 얼마 전에 받은 다이어리를 물끄러미 바라봅니다. 표지를 장식한 스웨덴의 청소년, 그레타 툰베리(Greta Thunberg)의 얼굴을 마주하니, 잠시 맥없이 빠져 있던 우울과 무기력이 그만 부끄러워집니다. 열여섯의 소녀로 하여금 용감하게 학교 등교 거부 운동을 하게 한 원동력은 어디에 있을까요? 환경 문제에 대한 자각을 일깨우며 전 세계에 이 지구가 위험하다는 경고를 매섭게 울리는 그 의지, 그 힘은 어디에서 나왔을까요? 이 조그마한 아이는 단단한 불도저처럼 자기 믿음과 신념을 어찌 이리 거침없는 행동으로 옮길 수 있을까요?

이렇게 생각해 봅니다. 아마 이 아이는 지금 이 세계에 드리운 위험을 누구보다 더 선명하게 보았을 테지요. 이대로 가다가는 이 지구에 미래가 없다는 자각. 그렇다면 이걸 막기 위해서 뭘 해야 할까라는 고민을 했겠지요. 지금 가장 화급한 일은 지구별에 직면한 이 위기를 널리 알리는 일. 그 위기를 타개할 방법을 각자에게 실천의 몫으로

돌리는 것.

아마 그레타 툰베리는 현실에 대한 그 선명한 자각에 기반하여 자신이 중요하다고 생각한 일에 달려든 것 같아요. 성적이나 좋은 대학이나 지금 당장의 내 이익보다 훨씬 더 중요한 어떤 소명으로 말이지요.

내게로 다가오는 일, 내가 중요하게 여기는 일을 즐겁게 하는 것, 그 일을 시작한 이상 헌신하고 전념하는 집중력. 내가 설정한 방향타를 꿋꿋이 응시하는 일. 글 맨 앞에 소개한 하와이 인디언 원주민의 축원은 그 점에서 그레타 툰베리가 실천하는 장한 소명의식과 겹쳐집니다.

오늘과는 조금 다른 미래를 생각하고 그 미래를 위해 지금 현재의 나를 움직이는 것. 그 마음으로 온전히 지금 여기의 일에 집중할 때, 그 집중력은 과거, 어제, 자책, 회한을 즐겨하는 어른들의 소모적인 되새김질이나 신경전과는 차원이 다른 밝음의 힘과 추진력을 갖습니다.

하와이 원주민이 읊고 있는 「일의 목적」은 추상적인 가르침이나 흔한 도덕률이 아니라 아주 현실적인 이야기입니다. 생명은 지나간 어제에 있지 않으니 지난 일은 돌아보지 말 것. 자신의 마음결과 온전한 정신을 잘 챙길 것. 어제의 상처와 과거의 고통은 잊을 것. 지나간 것은 지나간 일. 생명과 가치는 미래에 있으며, 지금 현재를 그 미래의 가치에 헌신하는 일은 막연한 기대나 기다림이 아니라 '지금-여기'의 나 자신에게 집중하는 것.

이 모든 과정 안에서 고통이나 상처가 없을 리 없습니다. 피할 수 없는 고통이 닥치면, 그땐 신께 기대어도 좋다고 합니다. 기꺼이 살펴봐 주실 것이니까요. 그 믿음은 하던 일을 포기하거나 방기하는 것이 아니라 일단 잠시 내려놓아도 된다는 안도와 수긍의 허락입니다. 너무 무거운 짐을 덜고 내려놓도록 이끌어주는 손길은 바로 믿음이 우리에게 공식적으로 허락하는 휴식, 그래서 따뜻하고 든든합니다.

하지만 어른인 저는 물론이고, 우리 많은 학생들 또한 '내려놓기'를 두려워합니다. 아마도 내가 짐 지고 있는 것을, 나의 고통을 내려놓는다면 곧장 습관적인 패배로 이어지지 않을까, 혹은 내 꿈이 이대로 멀어져 사라지지 않을까 하는 두려움 때문이겠지요. 하지만 이것 하나는 꼭 말씀드리고 싶어요. 어떤 것도 그냥 사라지지는 않는다고요. 내가 노력한 시간, 고민한 흔적, 심지어 관계 안에서 받은 상처조차도 사라지지는 않고 내 안에 새겨지고 내가 헌신했으나 아무런 열매를 맺지 못한 듯 여겨지는 일조차도, 어딘가에서 눈에 보이지 않는 싹을 틔우고 있을 것이라고요.

다만 지금 내가 짐 지고 있는 무거운 일의 무게를 나보다 더 큰 존재에 나누어 의탁하게 되면 고맙게도 잠시 쉴 힘이 생긴다는 것을요. 어떤 길도 곧게 직선으로 나아가지 않으며 어떤 산도 오르막만 있는 것은 아니며, 오르고 내리는 길, 구불구불 이어지는 그 길에서 밀어붙이는 추진력과 잠시 숨을 가다듬는 낮은 호흡이 잘 어울릴 때 우리는 계속 길을 걷는 힘을 얻을 수 있다는 것을요.

빡빡한 일상에 쉴 틈이 없는 우리 학생들. 그러니 숨이 좀 차면 잠시 쉬어요. 지나간 시간의 아픔은 지나간 시간의 것으로 흘려보내요. 어느 한 지점의 상처에 너무 오래 머물지 말기로 해요. 모든 일을 즐겁게 대하되 너무 버거우면 거기서 한 걸음 비켜서 생각하기로 해요. 그것만이 전부라고 생각하지 말기로 해요. 내 등에 진 짐의 무게를 좀 벗어던지면 발걸음을 더 성큼 내디딜 수 있으니까요. 그네를 탈 때, 뒤로 미는 힘이 강할수록 앞으로 더 멀리 나아가지요? 그 원리를 생각해 보아요.

목적 있는 삶, 꿈이 있는 삶, 희망이 있는 삶이란 것은, 어떤 이유 때문에 우리가 잠시 목적과 멀어져도, 잠시 꿈과 떨어져 있어도, 희망보다 불안이 잠시 더 크게 다가오더라도, 그 본질은 변하지 않는 것이랍니다.

가슴에 품은 꿈, 희망, 목적을 어떤 방향타로 설정하여 선을 그어본다면, 중요한 것은 그 길 위에서 나아가는 일 자체이지 속도나 순위, 경쟁이 아니니까요. 그러니 우리, 너무 힘겨워하지 않기로 해요. 너무 우울해하지 말기로 해요. 지금 내가 좀 뒤쳐져 있는 듯 생각되더라도 불안해하지 말기로 해요.

내가 걷는 이 삶의 길에는 바람도 불고 때로 비도 내리고 걷다 보면 쉬어갈 나무 그늘도 나타나고요. 손잡고 함께 성큼성큼 걷는 넓고 고른 직선의 길도 있지만 혼자 조심조심 건너야 할 징검다리 길도 있으니까요.

무엇보다 우리에게는 새로운 시작으로 선물처럼 오는 매 순간, 매일이 있으니, 그 하루 또 새로운 시작에 집중해 보도록 해요. 너무 추운 한겨울에는 우리가 느끼는 온도보다 땅 속 온도가 오히려 더 따뜻하다지요. 보이지 않는 그 온기를 믿고 우리, 숨을 깊게 쉬어보기로 해요.

7장의 언어 연습은 건너 뛰기로 합니다. 다만 여기서 눈을 감고 정말로 잠시, 깊은 숨을 쉬어보아요.

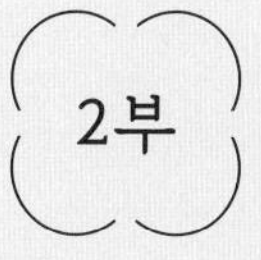

질문하는 힘

8 * ‘가장 잔인한 달’에

“April is the cruellest month”

아, 하지만 우린 매일 새로 태어나지
다른 사람들에 대해 우리가 아는 것은
우리가 그들을 알던
그 순간의 추억일 뿐
그때 이후로 그들은 바뀌었지
그들이나 우리가 똑같은 척한다는 건
유용하고 편리한 사회적 관습이나
그건 때로 깨어져야 하는 것
우린 또 기억해야 해
매번 만날 때마다 우린
새로운 사람을 만나고 있다는 걸

— T. S. 엘리엇, 「칵테일 파티」에서

T. S. 엘리엇(T. S. Eliot, 1888~1965)은 현대시사에서 매우 유명하고 큰 이름입니다. 중고등학생들은 아직 문학사에 대해서 관심이 많지 않을 텐데요, 우리가 흔히 '모더니즘'이라고 칭하는 현대시를 이야기할 때 엘리엇을 빼고 이야기하기 힘들 정도로 엘리엇은 현대시의 풍경에서 아름드리 큰 나무로 서 있습니다. 엘리엇을 잘 모르는 학생들이라 하더라도 "4월은 가장 잔인한 달"이라는 구절은 들어본 적이 있지요. 바로 20세기 시의 역사에서 가장 중요하다고 하는 엘리엇의 시 「황무지(The Waste Land)」의 첫 구절이랍니다.

엘리엇은 미국 미주리 주의 세인트루이스에서 태어났고 하버드대학교에서 철학을 공부했습니다. 총명해서 3년 만에 졸업을 했다고 하는데 그게 중요한 것은 아니지요. 졸업 후에 유럽으로 건너가 프랑스, 파리 등에서 계속 공부를 하면서 시를 썼고, 「황무지」를 1922년에 발표합니다.

4월은 봄의 한가운데입니다. 겨우내 잠자던 땅이 깨어나고 나무에 연둣빛 잎이 올라오는 4월. 4월은 5월과 함께 가장 희망찬 계절입니다. 제가 4월에 태어났는데, 엄마가 늘 "은귀야, 봄에 태어난 건 정말 큰 축복이야."라고 말씀하시곤 해서, 저는 이 구절을 대할 때마다 왜 4월을

두고 가장 잔인하다고 할까, 잘 이해가 되지 않았습니다.

어릴 때는 그 말의 의미를 잘 모르고 봄만 되면 "4월은 가장 잔인한 달"이라 읊조리는 신문의 칼럼을 보며 의아하다가 시를 공부하면서 그 의미를 곰곰이 생각하게 되었지요. "4월은 가장 잔인한 달/ 죽은 땅에서 라일락을 키워 내고/ 추억과 욕망을 뒤섞어/ 잠든 뿌리를 봄비로 깨운다"라는 구절을 자꾸 반복해서 생각하다 보니, 그 의미가 좀 들어오기 시작했습니다.

'잔인한'으로 번역된 영어 'cruel'이 실은 '끔찍한'의 의미가 있다는 것, 겨울의 꽁꽁 얼어붙은 땅, 죽은 땅에서 라일락을 키워내는 그 힘이 엄청난 몸살, 엄청난 뒤틀림을 통해서 나오는 힘이란 것, 언 땅에 봄비를 내려 지난 추억과 새로운 욕망을 섞어서 새로운 뿌리가 꿈틀거릴 수 있게 한다는 것, 새로운 탄생은 그 엄청난 고통을 통하지 않고서는 오지 않는다는 걸 말이지요. 'cruel'이라는 하나의 단어에 잠재된 여러 의미들, '잔인한, 고통스러운, 괴로운, 끔찍한'을 하나하나 대입시켜 더듬어 고민한 끝에 얻게 된 작은 깨달음이었어요.

그런 4월이 실제로 우리에겐 가장 끔찍하고 잔인한 4월이 된 건 바로 2014년 세월호 참사 때였습니다. 참새처럼 재잘대던 아이들을 제주도 수학여행 보냈다가

순식간에 떠나보낸 부모님들을 생각하니 그 참담함에 뭐라 말을 잇기도 힘듭니다. 차근차근 침착하게 구조 활동을 했으면 충분히 구할 수도 있었을 304명의 목숨이 사라진, 아니 304개의 우주가 하루아침에 꺼져버린 비극. 그동안 저는 엘리엇의 시 구절을 제대로 읊지도 못하고 수업에서 가르치지도 못했습니다. "겨울은 오히려 따뜻했지요./ 망각의 눈으로 대지를 엎고/ 마른 뿌리로 약간의 목숨을 남겨" 주던 그 겨울이 오히려 그리웠기에 4월이 없는 어느 봄을 바랐으니까요.

T. S. 엘리엇이 시에서 전하는 지혜는 그리 복잡하지 않습니다. 우리는 죽음을 통해 다시 태어난다는 것. 그런데 그 새로운 탄생은 쉽게 오지 않는다는 것. 죽음에 준하는 엄청난 고통과 힘겨운 몸살을 통해서 간신히 새로움을 만날 수 있다는 것을 말입니다. 죽음은 타인의 죽음일 수도 있고 우리 자신의 정신적, 영적인 죽음일 수도 있습니다. 죽음 없이는, 죽음에 비견되는 큰 소멸 없이는 그에 값하는 새로움이 오지 않습니다. 이때의 죽음은 고난일 수도, 고생일 수도 있고, 땀방울일 수도 있고, 희생일 수도 있고요.

다른 작품에서 시인은 말합니다. "탄생의 순간은 바로 죽음을 자각할 때이고 탄생의 계절은 바로 희생의 계절이라고." 이 말은 곧, 어떤 것에 대한 버림을 통해 새로움을 얻을 수 있고, 새로운 탄생은 바로 그에 값하는 희생을 통해서 온다는 것을 이야기하지요.

이처럼 시는 우리가 살아가는 현실이나 역사와 동떨어져 있는 추상적인 어떤 것이 아니고 우리가 발 딛고 선 이 현실에서 탄생하는 깨달음입니다. 시를 만들고 보는 눈은 섬세하고 애정 어린 시선 속에서 다듬어집니다.

학생들을 위해 특강을 하면, 시를 읽고 난 후에 아이들은 여러 질문을 던집니다. 개인의 신념이 사회의 통념과 반할 때 어찌해야 하는가, 작가가 되려면 문예창작과를 가야만 하는가, 등등 크고 작은 질문들요.

저는 대학교에서 가르치기 때문에 대학 1학년 때 생기 있고 발랄하던 아이들이 4학년으로 올라가면서 얼마나 지쳐 가는지 잘 아는데, 초중등의 아이들을 경험한 선생님은 또 이런 이야기를 해주셨습니다. 초등학교 때 재잘재잘 끝도 없이 이야기하면서 꿈이 많던 아이들이 중학교, 고등학교로 올라가면서 말을 잃고 생기를 잃는다고요. 아, 제가 보았던 모습이 다르지 않구나. 왜 우리는 자라면서 어른이 되면서 생기를 잃고 무미건조한 사람이 되어가지? 왜 통통 튀는 다른 생각들을 거침없이 내보이던 어린 날의 발랄함이 사라지지? 그런 고민을 더듬어 생각해 보았습니다.

다시 일상으로 돌아와 생각하니, 엘리엇의 이 구절이 답이 되어주었습니다. 우리는 매일 새롭게 탄생한다는 것을요. 우리와 마찬가지로 다른 이들도 매일 새로 태어난다는 것을요. 우리는 흔히 사람은 쉽게 바뀌지 않는다고 자조합니다. 개인에 대한 그 자조는 사회적 현실, 정치적 현실에 대한 자조로 바뀌어서 우리는 현실의 변화 가능성에 대해서 꿈을 꾸지 않습니다. 그 꿈을 멈추는 순간, 우리의 생기는 잃고 의식은 죽는 것일 텐데, 우리는 그걸 알지 못하고, 세상 진리를 다 아는 것처럼 바뀌는 건 없다고 자조합니다.

시인은 말합니다. 우리가 아는 것은 예전의 그, 그와 함께했던 추억, 매 순간 그들도 바뀌고 우리도 바뀌는데 바뀌지 않은 척, 똑같은 척, 변함없는 척한다고. 매번 만나는 우리는 어제와 다른 새로운 그라는 걸 명심하라고. 이 구절은 엘리엇의 시극 『칵테일 파티』에서 이름 없는 손님이 하는 말인데요, 우리가 잊고 사는 많은 것을 일깨워줍니다. 매일 똑같은 나날, 매일 반복되는 일상, 매일 똑같이 만나는 사람들. 하지만 우리는 어제의 우리가 아닙니다. 제가 만나는 누군가도 어제의 그가 아닙니다. 우리는 매일 새롭게 태어나고 있고, 그 새로움을 만드는 것이 오늘의 땀방울이고 오늘의 만남입니다.

그러므로 우리는 어제와는 다른 오늘의 새로움을 한껏 명징하게 자각하고 어제와는 달라진 오늘의 타인을 새롭게 받아들여야 합니다. 이게 바로 새 시절의 새로움 아닐까요. 냉소와 비꼼, 포기와 고착의 시선이 아니라, 나에게서, 타인에게서 새로움을 찾아내고 발견하고 그 각자의 새로움을 다른 새로움으로 더 크게 만들어가는 시선. 어제의 죽음, 어제의 고통, 어제의 희생을 새로운 탄생으로 바꾸는 것. 살아 있는 자의 책임이자 권리, 나직이 되뇌는 새로운 아침입니다.

언어 연습

8장의 언어 연습은 계절에 대한 감각 일깨우기입니다. 어디서 시작해 볼까요? 가령,

September is the month of ______________.

저는 여기에 'clouds'를 넣어봅니다. 9월은 구름이 가장 예쁜 달이거든요. 여러분은 여러분의 달에 여러분의 특별한 뜻을 새겨보세요.

January is the __________ month.

어떤 달도 무엇이든 될 수 있어요. 여러분이 좋아하는 달은 몇 월인가요? 내가 태어난 달부터 시작해 볼까요?

__________ is the month of __________.

__________ is the __________ month.

9 * 일상의 혁명

"In the place of birds' droppings"

인디언 달력에서는 열두 달이 하나같이 모두 행복한 달입니다. 저절로 행복의 조건이 만들어져 있어서가 아니라, 순환하는 자연의 변화에 맞추어 인디언들이 그만큼 충실하게 살았다는 걸 뜻하겠지요. '어린 봄의 달' 3월이 지나면 '생의 기쁨을 느끼게 하는 달' 4월입니다. 여러분은 4월이 되면 생의 기쁨을 느끼나요?

뽀얗게 연둣빛 물이 오르는 나무들로 산은 하루가 다르게 점점 부풀어 오르고 있는데, 여러분의 마음도 몸도 감성도 지혜도 그 나무처럼 산처럼 생기 있게 쑥쑥 커나가길 바랍니다. 적막한 계절을 지나 다시 돌아온 봄, 이처럼 고마운 계절에 '시와 교육'이라는 조금은 어울리지 않는 주제에 대해 며칠 곰곰이 생각해 봤습니다.

시를 교육한다는 것, 시를 가르치고 배운다는 것은

무엇일까요? 과연 무엇을 가르치고 배우고 나누는 것일까요? 무미건조하게 말하자면, 문학의 한 장르, 인간의 감정과 느낌, 경험을 비교적 짧은 언어 형식으로 표현된 것들을 배우고 가르치는 일입니다. 어쩌면 '시와 교육'은 잘 어울리지 않는 단어의 조합으로 들리기도 합니다. 시는 감성과 관련된 것, 호흡하고 느끼는 것이고, 교육은 논리적인 훈련이 개입되는 것처럼 생각되니까요.

그래서 시 읽기는 굳이 어떤 지적 훈련이 필요하기보다는 즉흥적으로 느끼는 것이라고 이야기하는 분들도 있지요. 매 학기 시 수업을 시작하는 첫 시간에 저는 학생들에게 이 질문을 늘 되풀이하는데, 대개 학생들은 말똥말똥한 표정으로 대답하는 대신에 제 입과 눈만 빤히 쳐다본답니다.

이 질문에 답하기 위해 시를 하나 읽어보려고 합니다. 이 글을 준비하면서 후보로 점찍어 둔 다른 많은 시들을 제치고 글을 시작하기 직전에 초대된 시입니다. '시와 교육'을 이야기하기에 적합한 시라는 생각이 들어서입니다. 자 그럼, 영어로 된 시가 아니니 마음의 부담을 느끼지 말고 한 번 나직이 소리 내어 읽어보면서 우리말의 아름다움을 한 번 느껴보세요.

온통 적막한 산인가 했더니
산벚꽃들, 솔숲 헤치고
불쑥불쑥 나타나

저요, 저요!

흰 손을 쳐드니
불현듯, 봄산의 수업시간이
생기발랄하다

까치 똥에서 태어났으니
저 손들 차례로 이어보면
까치의 길이 다 드러나겠다

똥 떨어진 자리가
이렇게 환할 수 있다며
또 한번 여기저기서
저요, 저요!

— 김선태, 「산벚꽃」에서

이 시가 여러분이 평소에 생각해 온 '시'와 많이

닮아 있나요? 우선 생각해 볼 수 있는 것은, 비교적 시가 쉽다는 것, 그리고 이미지가 선명하게 떠오른다는 것 정도가 아닐까요? 시를 읽다 보면 겨우내 적막하고 어둡던 산이 환한 꽃들로 여기저기 밝아오는 느낌이 들지요. 이 시에서는 산벚꽃이 피어나는 과정이 무척이나 생기 있고 발랄하게 그려졌습니다.

꽃들이 마치 수업 시간에 손을 들고 앞다투어 발표를 청하는 초등학생 아이들처럼 적극적으로 피어나고 있어요. 시인은 겨울 지나고 봄이 돌아온 산, 산벚꽃이 피어나는 시간을 그리기 위해서 말을 할 줄 모르는 식물에게 이렇게 생기 있는 목소리를 부여하고 있네요. 봄 산에 흐드러지게 피어나는 산벚꽃들이 "저요, 저요." 하는 목소리에 실려서 지금 시를 읽고 있는 이 공간 안으로 날아 들어오는 듯한 느낌마저 듭니다.

그런데 이 시를 읽고 우리가 시에 대해서 산벚꽃이 피어나는 산에 대한 생생한 묘사 정도로 이야기한다면 우리는 이 시를 다 읽은 것이 아니랍니다. 앞에서 시와 교육, 두 다른 느낌의 단어들을 어떻게 묶어 이야기할 수 있을까 하는 질문을 하고 답을 일부러 피해 왔는데요. 여러 가지 다양한 답이 가능하겠지만, 저는 생각할 수 있는 힘을 길러주는 것을 제일 먼저 들 수 있을 것 같아요. 그것도 일상에서 우리가 알아온 것과는 다른 방식의 시각과 생각을 길러주는 것. 좀 더 전문적이고 교육적인 용어를 쓰자면, 창의적인 사유를 가능하게 하는 것이 아닐까요?

산벚꽃에 대한 위의 시를 교육적으로 풀어서 이야기해 보자면, 이 시가 주는 선명한 이미지, 생명력도 이 시가 생기 있는 언어 속에서 거둔 중요한 성취일 텐데요, 이 밖에 또 무슨 이야기를 할 수 있을까요? 이 시에서 산벚꽃이 환하게 피어난 산, 봄이 돌아온 산의 환희라는 아름다움 외에 무엇을 우리는 읽고 배워야 할까요?

질문을 바꾸어 이 시에서 가장 시적인 부분을 찾아본다면 어떤 구절이 나올까요? 어떤 이는 "저요, 저요! // 흰 손을 쳐드니"를 고를 수도 있을 것 같고, 산벚꽃 피어난 공간이 "까치의 길"이 되는 그 변화를 생각할 수도 있을 것 같아요. 각각의 연에서 보여주는 매 장면이 모두 시적인 어떤 체험을 선사하지만, 이 시에서 가장 시적인 구절로 제가 꼽고 싶은 부분은 바로 "똥 떨어진 자리"랍니다.

"저요, 저요!" 저마다 손을 흔들며 피어나는 산벚꽃을 묘사하는 부분에서는 회화적인 선명함이 드러난다면, "똥 떨어진 자리가/ 이렇게 환할 수 있다니"에 이르러서는 시인의 시선이 산벚꽃이 핀 산에 대한 표면적인 묘사를

넘어서 산벚꽃을 피어나게 하는 자연의 원리, 생명력의
근원에 대한 성찰의 깊이를 획득하게 되기 때문이에요.

여기에서 '성찰'이란, 곧 산벚꽃이 피어나는 이 봄, 겨울 지나고 봄이 온 세상에서 생명이 순환하는 원리에 대한 뭉근한 깨달음을 말하는 것이지요. 꽃이 피어 하나의 생명이 피어나는 자리는, 하나의 생명이 다한 곳, 즉 한 생명의 똥이 떨어진 자리라는 것, 까치 똥이 떨어진 그 자리, 똥이 흙 속에 스며들어 거름이 되어 다음 계절 메마른 땅에 씨앗을 틔우게 되는 그 생명의 순환, 기다림에 대한 생각들로 우리 독자를 인도하는 시선, 여기에서 저는 이 시의 시다움이 가장 빛을 발하는 것 같다는 생각을 합니다.

이러한 성찰은 우리를 둘러싼 환경과 삶의 조건들에 대하여 우리가 평소에 갖는 지극히 편협하고 표피적인 시선을 한 겹 벗겨내고 사물과 생명의 본질 속으로 들어가 생각하도록 우리를 초대하는 힘이 있는 것 같아요.

똥과 꽃이 함께 자리하는 이 시의 공간은 넓고 깨끗한 아파트에서 쓰레기와는 단절된 삶을 살기를 지향하는 모든 현대인들의 공통된 욕망, 정갈하고 빛나는 곳만을 지향하는 현대인들의 그 욕망이 얼마나 허울 좋은 것인지를 슬며시 비틀어 보여 주기도 하고요.

쥐와 시궁창, 쓰레기와 먼지, 모든 지저분하고 쓸모없는 것들에서 최대한 멀리 떨어져 오로지 깨끗하고 맑은 것만 가까이하려는 문명의 욕심에 대해서도, 생명이 존재하는 방식에 대해서도, 새로운 시선을 갖게 해줍니다.

모든 예쁘고 아름답고 좋은 것을 얻으려는 우리는 그 뒤에 반드시 따라오는 지저분함, 누추함은 또 절대로 기억하지 않으려 하지요. 섭취와 소비는 배설을 낳는데, 그 배설을 최대한 안 보이는 공간에 가려서 그만 잊고 싶은 인간, 한 뼘 나만의 공간을 더 늘리는 일이 다른 이의 공간을 그만큼 뺏는 일인데도 이에 대한 아무런 반성이나 자각 없이 무한 풍요와 무한 소비를 향해 나아가는 인간, 죽음과 탄생이 늘 한자리에서 돌아가는 것이 자연인데, 살아 있는 동안 우리는 밝고 환하고 깨끗하고 넓은 것만을 생명의 원리로 생각하면서 어둡고 습한 것들, 쓸모없는 것들, 흙 속, 똥이 썩어가는 작은 자리, 긴 기다림의 시간은 돌아보려 하지 않지요.

"똥 떨어진 자리가/ 이렇게 환할 수 있다니"라는 시인의 탄성은, 그러므로 더 많이 썩고 더 많이 기다린 후에 새롭게 탄생하는 자연의 신비에 대한 예찬이자 우리 삶이 결국에는 인식하고 깨달아야 할 생명의 준엄한 순환 원리에 대한 시인의 적극적인 사유입니다.

그리고 우리는 이 시를 읽음으로써 생명의 존재 방식에 대한 그 신비로운 뜻, 그 새로운 사유를 향한 눈이 환히 열리는 경험을 하는 것입니다. 시를 읽고 가르치고 배우는 일은, 그러므로 이처럼 우리가 평소에 잊고 있던, 가리고 있던, 지나치고 있던 것들에 대한 '눈뜸'의 과정입니다.

그 눈뜸은 우리로 하여금 현실의 상실과 누추함, 폐허와 무너짐을 딛고 좀 더 힘차고 겸손하게, 앞으로 나아가게 하는 동력이 되겠지요. 봄의 생기를 느낄 겨를도 없이 안타까운 죽음들 속에서, 어지러운 가치들의 혼란 속에서, 벗어던질 수 없는 의무와 책임들 속에서, 그리고 무엇보다 우리 존재의 무게보다 더욱 커져버린 허욕 속에서 우리는 매일 한숨 쉬고 헤매잖아요.

그러한 때, 산벚꽃과 까치 똥의 그 발랄한 결합을 한 번 떠올려보세요. 우리 또한 우리가 버리고 떠나온 작고 누추하고 쓸모없는 것들에게서 생명의 환한 빛을 찾을 수 있지 않을까요? 까치 똥 속에서 환하게 피어나는 산벚꽃처럼 말이지요. 바로 이 순간, 우리는 어제와 다르게 생각하는 나로 새롭게 태어나고, 언어를 통한 사유, 일상의 혁명을 이루어 나가는 것이 비로소 가능해지지 않을까요?

언어 연습

9장의 언어 연습은 똥과 꽃을 동시에 사유하기입니다. 재미로 '똥'에 관한 영어 단어를 알아볼까요? 먼저 제일 흔히 쓰는 단어는 'poop'가 있어요. 어린아이들이 사용하는 귀여운 표현은 'poo'가 있고요. 'excrement'는 문학적으로 격식 차리는 표현으로 쓰입니다. 'feces'는 과학적인 맥락에서, 'stool'은 병원이나 건강 관련하여 대변을 가리킬 때, 동물의 똥은 'dung'이라 하고요. 'droppings'는 새나 작은 동물이 떨어뜨린 똥이예요. 'number two'라고 하여 똥을 순화해서 표현하기도 한답니다. 똥으로 만든 거름은 'manure'라고 하고요. 똥의 세계는 끝이 없지요? 거름 있는 자리가 가장 비옥해지니 거기서 꽃이 피어나겠지요? 똥이 꽃이 되는 신비, 이제 실감나지요?

10 * 지혜를 구하는 질문

"Those who ask questions deserve answers."

1

나이 칠순이 되어 쇠약해졌을 때
선생은 쉬고 싶은 생각이 들었다.
나라 안에 선이 다시 한 번 약화되고
악이 다시 한 번 득세하고 있었기 때문이다.
그래서 그는 신발 끈을 매었다.

2

그러고는 필요한 짐을 꾸렸다.
약간이었지만 그래도 이것저것 제법이었다.
저녁마다 피우던 담뱃대와
그리고 항상 읽던 책
적당하다 싶게 빵 조금

3

산길로 접어들자 그는 경쾌하게
뒤를 돌아보고선 모든 것을 잊었다.
노인을 태우고 가던 소는
신선한 풀을 씹으며 좋아했다.
소 등에 탄 노인에겐 그 보폭이 적당했기에.

4

하지만 나흘째 되던 날 암벽에 이르자
한 세리가 길을 가로막고 섰다:
"세금으로 바칠 값진 게 있소?"
소를 끌고 가던 소년이 말했다: "이분은
　선생님이시오."
말하자면 바칠 게 없다는 뜻이었다.

5

그러나 사내는 쾌활하게 움직이며
다시 물었다: "그럼 이분은 무얼로 해왔느냐?"
소년이 말했다: "이분은 흐르는 부드러운 물이
시간이 지나면 힘 있는 돌을 이긴다는 걸 아십니다.
즉 단단한 것이 언젠가는 굴복한다는 뜻이지요."

6

길이 늦었기에 마지막 햇살을 놓치지 않으려
소년은 다시 소를 몰았다.
셋이 검은 송림을 돌아 나갈 무렵
갑자기 뭔가가 나타나 외쳤다:
그 사내였다. "어이, 여보게! 멈추시오!

7

물이 대체 어쨌다는 거요, 노인장?"
노인이 멈췄다: "알고 싶소?"
사내가 말했다: "난 세리에 지나지 않지만
누가 이기고 누가 지는지는 흥미가 있소.
아신다면 말해 주시구려.

8

내게 적어 주시오! 이 아이한테 받아 적게 하시지요!
그런 건 혼자만 알고 있으면 안 되지요.
우리 집에 가면 종이와 먹이 있소.
밤참도 마련되지요: 내가 사는 곳이 저기라오.
흥정된 거지요? 오시오!"

9
노인은 돌아서서 슬픔 어린 시선으로 사내를
　바라보았다:
사내는 누더기 저고리에 맨발이었다.
이마에는 한 줄기 주름살.
아 그와 마주 선 사내는 승리자가 아니었다.
그리고 그가 중얼거렸다: "당신도?"

10
정중한 청을 거절하기에
노인은 너무 늙은 듯이 보였다.
그가 크게 말한 것을 보면: "뭔가 묻는 자는
대답을 얻게 마련이지." 소년이 말했다: "날이
　춥습니다."
"좋다. 그렇다면 잠시 머물기로 하자."

11
그리고 현인은 소에서 내려와
둘이서 이레 동안 머물며 글을 썼다.
그리고 세리는 음식을 날랐다. (그동안 밀수꾼들은
세리의 관대함에 놀라서 혀를 내둘렀다.)

그렇게 일이 마무리되었다.

12

소년은 어느 날 세리에게 자기들이 쓴
여든한 개의 경구를 건네주었다.
세리가 준 약간의 노자에 감사하면서
그들은 송림을 돌아 암벽 쪽으로 나아갔다.
사람이 이보다 더 정중할 수 있을까?

13

하지만 그 이름이 책 위에 장식된
현인만 칭송해서는 아니 된다.
현인의 지혜는 끌어내져야 하기 때문이다.
그러니 세리도 감사를 받을 자격이 있다.
노자에게 지혜를 간청한 이는 바로 그
　사람이었으므로.

— 베르톨트 브레히트, 「노자가 망명길에 도덕경을 쓰게 된 것에 대한 전설」에서

독일 문학의 얼굴을 바꾸어놓았다는 찬사를 듣고 있는 극작가 베르톨트 브레히트(Bertolt Brecht, 1898~1956)는

시도 참 많이 썼습니다. 나치가 집권하기 직전의 독일 바이마르공화국의 여러 사회적 모순들과 부르주아 생활상을 신랄하게 비판하는 극을 많이 쓴 브레히트는, 자신의 문학적 명성에도 불구하고 나치가 집권하자 독일에서의 삶이 의미가 없음을 깨닫고 망명을 택합니다. 자기 땅을 떠나는 망명은 극단적인 정치적 선택이지만, 예술가의 양심을 팔면서 살 수는 없었던 작가의 어쩔 수 없는 마지막 희망의 끈이었던 셈이지요.

1933년 프라하, 빈, 파리를 거쳐 덴마크 스벤드보르크에 1939년까지 머물면서 브레히트는 여전히 활발한 작품 활동을 하는데, 이 시는 1938년에 쓴 작품으로 원문 제목은 "Legende von der Entstehung des Buches Taoteking auf dem Weg des Laotse in die Emigration"이고, 영어 번역 제목은 "Legend of the Origin of the Book Tao-Te-Ching on Lao-Tsu's Road into Exile"입니다. 이 번역은 독일어본과 영어본을 비교해 가면서 제가 한 것이고요.

브레히트라는 독일 작가의 시에 뜬금없이 노자가 등장하니 아마 읽는 독자분들은 신기해서 고개를 갸웃거렸을 것 같네요. 시 속에 등장하는 선생은 바로 중국의 철학자이자 현인 노자, 『도덕경』을 쓴 그 유명한 노자 맞습니다.

연구에 따르면, 브레히트는 12세기경 비단에 그려진 그림을 통해서 노자의 『도덕경』에 얽힌 전설을 알게 되었다고 합니다. 1938년에 쓴 시는 1939년에 『스웬보르 시편(Svendborger Gedichte)』에 실려 발표되었습니다.

시는 노자가 여정에 오르는 것으로 시작합니다. 나이 칠순이 되어 쇠약해졌을 때 선생은 쉬고 싶다는 생각이 들어 신발 끈을 매고 떠나는 것으로 나옵니다. 이는 정말로 모든 것을 내려놓는 휴식을 위한 길이 아니라, 악이 득세하는 나라에서 택하는 정치적 망명을 의미합니다.

악이 다시 한 번 득세했다는 말로 미루어 아마도 그 전에도 여러 차례 이 비슷한 일이 있었을 것이고, 악이 득세할 때면 잠시 떠나 있는 망명의 시간이 반복되었음을 짐작할 수 있습니다. 정치적인 뜻이 맞지 않아서 귀양길에 오르거나 시골에 은거하는 삶을 택한 예로는, 우리 선조들의 사례에서도 많이 찾을 수 있지요.

신발 끈을 매고 떠나는 길, 필요한 짐을 조촐하게 꾸리지만 또 이것저것 많았겠지요. 은거의 길을 찾아 떠나는 노자의 모습은 여러 면에서 브레히트 자신과 비교됩니다. 나치의 폭거를 피해 망명길에 올랐다가 자살로 생을 마감한 발터 베냐민 등 수많은 이들이 당시 독일에서 유럽의 다른 나라로, 다시 바다 건너 미국으로 망명길에 올랐습니다. 그 때문에 이 시는 먼 옛날 중국의 노자 이야기에 한정되지 않고 브레히트 시절의 많은 다른 양심적 지식인과 예술가의 고단한 여정을 떠올리게 합니다.

이 시에서 핵심은 『도덕경』을 쓴 노자에 있지 않고, 노자의 지혜를 글로 쓰도록 이끌어 낸 세리의 질문에 있습니다. 세리의 질문이 없었다면 노자의 『도덕경』도 없었을 테니까요. 원래 전설에서는 세리가 노자의 망명길에 만나는 국경을 지키는 수비군 장교였다고 하는데, 브레히트는 이 시에서 세리를 신발도 없고 남루한 옷을 걸친 하층민으로 그리고 있습니다. "누더기 저고리에 맨발"이었다는 말로 세리가 당시 가난하고 핍박받는 하층민에 속해 있는 것으로 묘사합니다.

브레히트가 전설의 내용을 살짝 바꾼 것은 아마도 가난한 사람들, 민중에 대한 애정 때문이겠지요. 세리는 가난하지만 지식을 갈망하는 호기심의 소유자입니다. 그래서 바칠 게 없고 가난한 서생에 불과하다는 노자에게 과감히 질문을 합니다. 대체 무얼 가르치는지, 뭘로 먹고 사는지 말입니다.

소년의 입을 통해 전달되는 노자의 지혜는 부드러움과

단단함, 힘에 대한 사유입니다. "흐르는 부드러운 물이 시간이 지나면 힘 있는 돌을 이긴다는 걸 아십니다. 즉 단단한 것이 언젠가는 굴복한다는 뜻이지요." 이 말은 어떤 권력도 영원하지 않으며 당장은 영원히 득세할 것 같은 강한 악의 세력도 언젠가는 스러지는 날이 온다는 것을 의미합니다.

아마도 강한 것이 늘 이긴다는 것을 믿고 있었을 것임에 분명한 세리는 그 말에 흥미를 느낍니다. 우리도 눈앞의 큰 힘에 쉽게 압도당하여 쉬 절망하는 경우가 많지요. 권력이 언젠가는 스러지고 결국 부드러운 힘이 세상을 바꾸어놓는다는 것을 믿지 못하고서 말이지요.

세리는 그래서 곧 그 노인을 뒤따라가 세웁니다. 이기고 지는 것에 관심이 많기에 지혜를 더 들려달라는 세리. 세리는 자기 집으로 노자와 소년을 데리고 가서 먹이고 재우면서 그 지혜를 글로 기록해달라고 간청합니다.

시에서 말하는 전설은 그 세리의 집에서 기거하면서 나온 책이 노자의 『도덕경』임을 말해 줍니다. 평소에는 엄하기 그지없던 세리가 노인과 소년을 환대했기에 밀수꾼들이 놀라 자빠진다는 말도 나옵니다. 마침내 노자와 소년이 글을 완성하고 떠나고, 세리는 떠나는 이들에게 인사를 합니다.

시의 말미에 시인은 "그 이름이 책 위에 장식된 현인만 칭송해서는 아니 된다. 현인의 지혜는 끌어내져야 하기 때문"이라는 말로 『도덕경』의 탄생에 지대한 공을 세운 세리의 존재를 다시 한 번 부각합니다. 노자에게 지혜를 간청한 이는 바로 세리이기 때문에 세리도 감사를 받을 자격이 있다는 것이지요.

대개 우리는 어떤 일의 결과만을 놓고 그 일의 주인공만을 칭송하는 경우가 많습니다. 하지만 브레히트는 이 시에서 노자의 전설을 변용하여 어떤 일이 행해질 때 막중한 역할을 했으나 겉으로 드러나지 않은 자의 소중한 가치를 환기하고 있습니다. 이 시에서 가장 핵심은 바로 지혜를 간청하는 행위, 시의 중간에 노자가 한 말, "뭔가 묻는 자는 대답을 얻기 마련이지."에 있습니다.

지혜를 얻기 위해서는 물어야 하며 묻는 자에게 그 답이 돌아갑니다. 우리는 브레히트의 시를 통해서 질문하는 행위의 의미를 새롭게 배웁니다. 질문하지 않으면 새롭게 주어지지 않습니다. 우리 모두 질문하는 자로 남을 때 새로운 배움, 새로운 지혜가 새 옷을 입고 나타날 것입니다.

언어 연습

10장의 언어 연습은 지혜를 구하는 질문을 만들어 보는 거예요. 다음 문장의 괄호 넣기처럼요.

Those who ask ________ deserve _________.

여기에 무얼 넣어볼까요? 괄호 넣기는 무한한 가능성으로 열린 세계여서 제가 시와 관련하여 즐겨 하는 놀이랍니다. 가끔 동사를 바꾸어 보기도 하고요. 저는 이렇게 문장을 완성해 봅니다.

Those who ask directions deserve a new road.

방향을 묻는 자가 새로운 길을 걸을 자격이 있는 거지요. 여러분은 무엇을 묻고 무엇을 얻을 건가요?

11 * 신비로운 만남

"Nothing can ever happen twice."

두 번은 없다. 지금도 그렇고
앞으로도 그럴 것이다. 그러므로 우리는
아무런 연습 없이 태어나서
아무런 훈련 없이 죽는다.

우리가, 세상이란 이름의 학교에서
가장 바보 같은 학생일지라도
여름에도 겨울에도
낙제란 없는 법.

반복되는 하루는 단 한 번도 없다.
두 번의 똑같은 밤도 없고,
두 번의 한결같은 입맞춤도 없고,

두 번의 동일한 눈빛도 없다.

어제, 누군가 내 곁에서
네 이름을 큰 소리로 불렀을 때,
내겐 마치 열린 창문으로
한 송이 장미꽃이 떨어져 내리는 것 같았다.

오늘, 우리가 이렇게 함께 있을 때,
난 벽을 향해 얼굴을 돌려버렸다.
장미? 장미가 어떤 모양이더라?
꽃인가, 아님 돌인가?

야속한 시간, 무엇 때문에 너는
쓸데없는 두려움을 자아내는가?
너는 존재한다—그러므로 사라질 것이다
너는 사라진다—그러므로 아름답다

미소 짓고, 어깨동무하며
우리 함께 일치점을 찾아보자.
비록 우리가 두 개의 투명한 물방울처럼
서로 다를지라도……

— 비스와바 쉼보르스카, 「두 번은 없어」에서

유난히 무더운 여름에 이 글을 씁니다. 두 개의 물방울만큼 서로 다르지만 또 서로 똑같은 여러분의 하루하루는 어땠나요? 똑같은 학교에 똑같은 시간에 등교하여 똑같은 시간의 추 아래에서 똑같은 목표를 향하여 하루하루를 똑같은 방식으로 버티어 나가는 시절, 여러분에게도 각자가 느끼는 삶의 결은 다 다르겠지요?

나 또한 변함없는 일들에 파묻혀 있으면서 그나마 다른 때보다 시를 조금 더 많이 읽을 수 있어서 조금 더 행복했다고 말한다면, 여러분들 중에는 저도요, 저도요, 대답해 오는 누군가가 있을 것만 같습니다.

가끔, 늦은 오후 숲길을 걸으면서 내가 읽고 쓰는 이 행위가 이 지상의 삶에 어떤 보탬이 될까, 이렇게 아늑한 그림자를 드리우는 나무만큼이나 보탬이 될까, 이런 반성을 하기도 하면서 시와 삶에 대한 생각들을 이어갑니다.

어제와 다름없는 오늘, 시에 대한 고민은 결국 우리 한 사람, 한 사람이 살아가는 삶의 방식에 대한 고민이라는 생각을 하면서 이번에는 폴란드 시인의 시를 소개해 봅니다. 1996년 노벨문학상을 수상한 비스와바 쉼보르스카(Wislawa Szymborska, 1923~2012)입니다.

1923년 폴란드에서 태어나 스무 권에 가까운 시집을 낸 시인이지만, 막상 1996년 노벨문학상을 수상하면서 유명해지자 여기저기에서 달려드는 언론과 유명세가 싫어서 시골로 숨어버렸다는, 아주 고운 할머니 시인, 2012년에 세상을 떠나셨지요.

시인은 다소 단호한 어조로, '두 번은 없어!'라고 말하네요. 살아가는 날들 중에 가끔 견디기 힘든 감정이, 오늘도 어제와 같고 내일도 오늘같이 지나갈 것이라는 그 분명한 사실 앞에서 우리가 느끼는 권태로움이지요. 더구나 오늘 이처럼 힘든데 내일도 모레도 똑같다면 얼마나 끔찍할까 하는 느낌, 특히 학창 시절에는 모두가 똑같은 목표를 향해 같은 방식으로 달음박질치게 만드는 그 거대한 틀이 가끔 어이 없다는 생각을 하기도 했지요.

시인이 말하듯, 우리가 대면하는 하루하루의 나날을 길게 이어 한 생으로 볼 때, 우리 각자는 모두 준비되지 않은 상태에서 그 생의 나날에 던져지는 것이 아닌가 해요. 그래서 우리는 지난 시간을 되돌아보면서, 아, 그때 이렇게 할걸, 이렇게 말할걸, 후회하기도 하고요. 우리 부모님들은 "내가 살아보니까 이렇게 하는 게 옳더라, 그러니 말 좀 들어!"라면서 지나온 생이 새겨넣은 지혜를 우리에게

강권하시기도 하지요. 하지만 또 우리는 그 지혜라는 것이 실감 나지 않아서 우리 방식을 고집하고요.

모두 다 같지만 또 같지 않은 시간에 대해, 삶에 대해, 인생에 대해, 이 시는 그 변치 않는 진리를 아무렇잖게 무심한 어조로, 때론 당돌한 질문으로 때론 천연덕스러운 수긍으로 들려줍니다. 그래요. 이 삶은, 단 한 번만 주어지는 어떤 과정. 우리는 준비 없이 맞이하고 또 연습할 기회 없이 떠나게 되겠지요.

이 시에서 아름다운 부분을 각자 꼽아본다면 어디를 이야기할 수 있을까요? 시인은 재치 있고 간결한 시어로 삶에 대해, 시간에 대해, 그리고 그 삶에 무늬를 새겨나가는 개인에 대해 말하고 있어요. 누가 무심결에 네 이름을 부르는 장면에서 시인은, 마치 장미 한 송이가 방 안으로 툭 날아 들어온 것 같은 느낌이라고 말합니다. 장미의 고운 빛과 향기가 온 방에 퍼져 나가는 그 신비로운 만남, 눈뜸의 순간이 평이한 시어 사이사이로 은은하게 퍼져 나오는 것 같아요.

그다음 슬쩍, 시인은 그 만남 속에 지각하게 되는 느낌을 또 다른 사물들로 환치시키면서 묻고 있어요. 장미와, 시계, 바위, 서로 연결되지 않는 사물들을 시인은 뜬금없이 잇고 있습니다. "장미, 장미, 장미가 어떤 거지?

그게 꽃이던가, 바위던가?"라는 그 뜬금없는 질문은, 우리가 알고 있는 익숙한 사물, 관계들에 대해 새로운 눈뜸을 초대하는 질문으로 생각됩니다.

이 시에서 시인은 시간, 사물, 존재에 대하여 같음과 다름의 절묘한 배치를 통해 우리가 살아가는 날들에 대하여 새롭게 생각하는 법을 묻고 있습니다. 머무르지 않는 것이 본성이라는 말과 오늘은 늘 지나간 내일이라는 말, 이 별 위의 우리는 두 개의 물방울처럼 다르지만 또 같기도 하다는 그 배치되는 말들 속에서 시인은 어제와 오늘, 내일의 시간에 대하여, 그 시간을 살아가는 우리, 개인과 전체에 대하여 어떤 지혜를 전하고 있지요.

가끔 하루의 시간을 한 생으로 생각합니다. 나라는 한 사람의 생을 다른 생으로 바꾸어 확장해 보기도 합니다. 두 번은 없어. 나와 너는 달라. 나와 너는 같지 않기 때문에 그 다름을 존중하고, 그 다름을 넘어서 우린 일치를 향하여 나아갑니다. 서로 다른, 하지만 같은 모양의 물방울처럼.

시인이 "순식간에 지나는 날"이라고 한 구절을 영어로 직역하면 "the fleeting day"입니다. 'fleeting'한 것은 사실 하루의 시간만을 가리키는 것은 아닙니다. fleeting smile, fleeting moment of happiness, fleeting moment of sorrow, fleeting visit, fleeting meeting…… '순식간에

지나는'이라는 뜻의 형용사 'fleeting'은 이 세상 모든 존재, 모든 사물의 속성이기도 합니다. 하지만 바로 그 때문에 이 세상 모든 존재, 모든 사물은 더욱 소중합니다.

그 순식간에 지나는 시간이 모여서 하루가 되고, 한 달이 되고, 1년이 되고, 한 사람의 인생이 되고, 또 다른 사람의 생으로 이어지고, 한 방울의 물방울은 다른 물방울과 합쳐져 작은 물줄기가 되고, 강이 되고, 바다가 되고, 거기 온갖 다른 생명을 길어내는 힘이 됩니다.

연습 없이 시작하는 오늘, 그 일회성 때문에 더욱 소중하게 아껴 살아가게 되는 힘을 주는 시간, 단조로워 질식할 것만 같은 순간은 또 새로운 변화를 불러올 어떤 바람이 될 수도 있겠지요.

우린 결국 이 시간의 마디를 같이 새기며 같이 태어나 같이 살고 같이 죽는 존재. 한 시절을 다른 나이테로 공유한다 하더라도, 이 같음, 같은 언어로 소통하면서 비슷한 고민을 하는 우리에게 두 번은 없는 이 시간의 비의는 참으로 고마운 선물이 아닌가요?

그래서 저는 한 손이 다른 손을 찾고, 한 마음이 다른 마음을 찾듯이, 참 고마운 시 하나를 두고서 얼굴도 이름도 모르는 여러분에게 다가갑니다. 두 번은 없는 이 생을 함께 통과하기 위해.

언어 연습

11장의 언어 연습은 사랑이 시작되는 우연한 순간을 그리는 아름다운 구절을 외워보는 거예요. 앞의 시 4연을 영어 번역으로 읽어보아요.

One day, perhaps, some idle tongue
mentions your name by accident:
I feel as if a rose were flung
into the room, all hue and scent.

여기서 'idle tongue'은 무심코 던지는 말입니다. 누군가가 무심코 이름을 불러주는 순간, 그 혹은 그녀를 향해 고개 돌리는 그 첫 순간, 한 송이 장미빛이 향기롭게 떨어지는 듯 사랑에 접속되는 것이지요.

여러분은 이런 느낌 실감한 적 있으신가요? 아직 없다면 그 두근거리는 기다림, 부럽네요. 아, 있다고요? 그럼 인생을 알기 시작한 걸 축하드려요. 만남 후에는 헤어짐도 있으니까요. 그 모든 축복을요!

12 * 절망에서 긷는 희망

"Roll'd round in earth's diurnal course"

모처럼 겨울 산에 다녀왔습니다. 겨울 산에 올라 발밑에 바스락거리는 낙엽을 보고 느끼는 일은, 잎 다 진 겨울나무, 그 위로 펼쳐지는 맑은 겨울 하늘을 우러르는 일만큼이나 많은 생각을 하게 한다는 것, 혹 여러분, 느껴본 적 있으세요?

수북이 깔린 빛바랜 낙엽들을 손으로 만져보니까 의외로 너무 보들보들해서 놀랐어요. 무척 말라서 손에 까칠하게 걸릴 것 같았는데 의외로 참 보드라웠어요. 메말라 보이던 겨울 산의 바닥이 그처럼 보들보들한 낙엽들의 옷을 입고 있다는 게 새로운 발견이라도 한 것처럼 신기해서 작은 낙엽들의 보드라운 감촉을 한참 손바닥으로 느껴보았답니다.

겨울 산 이야기를 꺼낸 것은, 바로 겨울 산에서 느낀

삶과 죽음의 방식, 살아가는 것에 대한 이야기를 여러분과 나누고 싶어서예요. 우리가 늘 희망을 말하고 살지만, 희망이란 녀석이 과연 어디에 꼭꼭 숨어 있나 싶은 마음이 들기도 하고요. 희망의 작은 촛불을 보았지만 아직 새벽은 멀리 있는 것만 같고, 마음의 평정심을 흔드는 일들이 유난히 많았던 요 몇 년, 12월만 되면 잘 정리된 달력의 한 장이 아니라 뭔가 좀 더 머물러 생각할 게 많은 다소 착잡한 달 같거든요.

그런데 말이지요. 인디언 아라파호 족은 11월을 "모두 다 사라진 것은 아닌 달"이라고 부른대요. 체로키 인디언은 12월을 "다른 세상의 달"이라고 하고, 크리크 족은 "침묵하는 달"이라고 한대요. "모두 다 사라진 것은 아닌 달"이라는 말 속에, 보낼 것은 보내고 떨쳐낼 것은 다 떨친 뒤에 새로운 무언가를 그 안에 보이지 않게 품을 준비를 하는 겨울 나무의 기다림, 보이지 않는 희망이 깃들어 있는 것 같아요.

자, 다 내려놓겠다. 그러곤 침묵하면서 다른 세상을 기다리는 것이지요. 하나의 해를 넘기는 때에 이보다 더 멋지고 깊이 있는 생에 대한 응시가 있을 수 있을까 싶어 가슴이 먹먹해지곤 하는데요. 이러한 생각 끝에 여러분과 나누고 싶은 시가 짠— 하고 떠올랐어요. 바로 윌리엄 워즈워스(William Wordsworth, 1770~1850)의 「선잠이 내 영혼을 봉했으니」라는 시예요.

선잠이 내 영혼을 봉해 버렸기에
나는 인간의 두려움이 없었네.
그녀는 세속적인 세월의 손길은
느낄 수 없는 존재 같았다네.

이제 그녀 아무 움직임, 아무 힘이 없으니,
듣지도 보지도 못한다네.
지구가 일주하는 움직임 속에서
바위와 돌과 나무들과 함께 돌고 도나니.

A Slumber did my spirit seal;
I had no human fears.
She seem'd a thing that could not feel
The touch of earthly years

No motion has she now, no force;
She neither hears nor sees;
Roll'd round in earth's diurnal course

With rocks, and stones, and trees.

루시(Lucy)라는 소녀를 대상으로 쓴 연작시 중 하나예요. 이 시를 처음 읽으면 도대체 이 시가 무엇에 관한 것인지 의아하게 생각하는 친구들이 많을 거예요. 한번 같이 읽어 볼까요? 이 시는 짧은 두 개의 연으로 이루어져 있어요. 첫 번째 연은 과거 시제로 되어 있고, 두 번째 연은 현재 시제로 되어 있어요. 이 차이가 시의 화자와 그녀 사이에 엄청난 변화를 일러주고 있답니다.

가벼운 잠이 내 영혼을 봉해버렸다는 말 속에 정말 잠을 잤나 싶지만, 가만 찬찬히 시를 읽어보면 잠이 든 게 아니라 시의 화자가 루시를 너무나 사랑한 상태를 영혼의 '선잠'에 비유한 것을 알 수 있어요. 사랑에 빠질 때엔 내가 사랑하는 사람이 영원히 살 것만 같고 이 세상의 비루한 다른 존재와는 다른 천상의 존재 같은 느낌에 휩싸이잖아요. 그리고 그 사랑이 영원할 것만 같고요.

그런데 두 번째 연에서 "이제 그녀, 아무런 움직임도 힘도 없"다는 구절을 읽으며, 우리는 아뿔싸, 루시에게 무슨 일이 일어났구나 짐작하게 되지요. 네, 여러분 짐작대로 시의 화자가 너무나 사랑했던, 그래서 천상의 존재 같았던 루시가 죽은 거예요. 땅에 묻혀 듣지도 보지도 못하는 루시…….

그런데 이 시의 반전은 그 뒤를 잇는 마지막 두 행에 있답니다. 죽어서 땅에 묻히고서야 루시는 이 지구, 그리고 우주의 움직임 속에서 지상의 바위와 돌과 나무들과 함께 있게 되었다는 말. 이 대목에 이르면 우리는 우리 삶의 큰 축, 삶과 죽음의 문제에 대해서 우리가 익숙하게 해왔던 생각들에 대해서 뭔가 뒤통수를 얻어맞는 듯한 깨달음을 얻게 됩니다. 죽음으로써 삶이 끝나는 것이 아니라 죽음 안에서도 삶이 이어진다는…… 아니, 어쩌면 죽음과 함께, 그리고 그 죽음을 바라보는 연인의 시선 속에서 그 두 사람을 품은 삶의 풍경이 비로소 완성된다는, 그런 깨달음 말이지요.

사랑은 또 어떤가요? 사랑하는 사람이 곁에 있고 부족함이 없을 때의 상황은 어쩌면 이 시에서 시인이 말하는 '선잠'과도 같은 상황, 내 영혼의 눈을 가리는, 그래서 우리 삶의 진실을 제대로 보지 못하게 만드는 그런 단계는 혹 아닐까요? 한여름 무성한 더위, 초록으로 무성한 숲 속에서 곧 다가올 잎 진 가을, 겨울의 그 허허로움을 도저히 상상할 수 없는 것과 마찬가지로 말이지요.

삶과 죽음, 사랑과 이별의 대비 안에서 오히려 거꾸로 인식의 전환을 가져올 수 있는 시인의 시선은 이처럼 우리가 평소에 가졌던 생각과는 다르게 사유하는 데서 오는 것인지도 모르겠어요. 삶과 죽음, 사랑과 별리, 존재와 부재의 개념에 대한 우리의 통상적인 생각의 틀을 깨면서 시인은 말하지요. 죽음 안에서 삶은 이어지고, 부재를 통하여 존재는 더 빛을 발하는 것이며, 별리를 통하여 사랑은 다른 방식으로 완성된다고 말이지요. 마치 우리가 겨울 산에 오르며 잎이 다 떨어지고 벌거벗은 나무를 보고 그 안에 보이지 않게 깃든 생명의 빛을 꿈꾸는 것과 마찬가지로 말이지요.

여름날 초록으로 무성하던 나무숲에선 결코 품어보지 못한 가난하고 낮은 마음, 경건한 결핍의 상태에서 어쩌면 다른 식의 희망을 찾게 되는 게 아닌가 싶거든요. 그래서 어쩌면 11월, 잎 다 지는 조락의 계절에 모든 것이 다 사라지는 것은 아니라는 인디언의 혜안(慧眼)이 가능했던 것인지도 모르고요. 그리고 12월, 한 해를 마감하고 떠나보내야 하는 시점에 우리는 침묵하면서 다른 세상을 맞이할 준비를 하는 것인지도 모르고요.

다른 시에서 워즈워스는 "한때는 그리도 찬란했던 빛으로서, 이제는 속절없이 사라져 가는 초원의 빛, 꽃의 영광"에 대하여 우리는 서러워하지 않으리라는 말을 해요. "존재의 영원함을 티없이 가슴에 품고 인간의 고뇌를

윌리엄 워즈워스의 집 ‘라이달마운트’

사색으로 달래라"는 시인의 말은 삶과 죽음에 대해, 젊음-청춘과 나이듦-늙어감에 대해, 답이 없는 고민을 앞으로 계속할 여러분에게 적지 않은 깨달음을 주는 말이지 싶어요.

"젊은 날에는 젊음을 모르고 사랑할 땐 사랑이 보이지 않았네."라는 노래 가사도 있지만, 우리 살아가는 날들이 너 나 할 것 없이 이처럼 환희와 절망이 함께하고 깨달음과 무지가 함께하는 모순 속에서 하나씩 배워가는 과정일 테니까요.

사라짐을 사유하면서 얻어지는 삶의 통찰, 절망을 통해 깉는 희망의 노래, 그리고 부재 안에서 얻어지는 귀한 깨달음, 그래서 결국 그냥 사라지는 것은 아무것도 없다는, 모든 존재는 어떤 방식으로든 그만의 노래가 있다는 사실을 기억하세요.

12월, 다른 세상으로 넘어가는 달, 여러분은 무엇을 생각하고 무엇을 떠나보내고 무엇을 준비하나요? 이 침묵하는 달, 말의 사원(寺院)에 초대된 여러분은 어떤 바람의 노래를 들으셨나요?

언어 연습

12장의 언어 연습은 질문들로 시작합니다. sleep과 slumber의 차이는 뭘까요? seal은 close와 어떻게 다를까요? human fears는 뭘까요? 삶과 죽음은 함께 하는 걸까요? 이런 질문을 앞에 두고 꼼꼼히 단어가 품고 있는 깊은 뜻을 응시하면서 시를 읽으면 언어가 새기는 섬세하고도 풍부한 결을 느낄 수 있답니다. 시를 통해서만 가능한 언어 수업이지요.

이 시는 길지 않으니 외우면 좋겠습니다. 가장 아름다운 영시니까요, living and dying "with rocks, and stones, and trees."

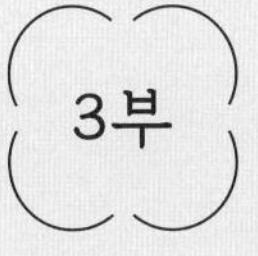

3부

연결하는 힘

13 * 책과 삶 사이에서

"I'm on my way with dust in my shoes."

내가 책을 덮을 때
나는 삶을 연다.
나는 듣는다
항구 사이에서
더듬거리는 고함 소리를.
(중략)

어떤 책도 나를
종이로 쌀 수 없었고,
인쇄로
나를 채울 수 없으며,
거룩한 간기(刊記)로도 채울 수 없고,
여태껏 내 눈을

덮지도 못했다.
나는 책에서 나와 과수원으로 살러 간다
내 목쉰 노래 일족(一族)과 함께,
달아오르는 금속 일을 하러 가고
산 속 난롯가에서
훈제 쇠고기를 먹으러 간다.

나는 모험적인 책을
좋아한다.
숲이나 눈에 대한 책
바다나 하늘
그러나
거미 책은 싫어한다
생각이
해로운 철망을 쳐서
어리고
선회하는 비상에 올가미를 씌우는 그런 책.
책이여, 나를 놓아다오.
나는 여러 권의 책으로
뒤덮이지 않으련다.
나는 작품집에서

나오지 않았고,

내 시들은

시들을 먹지도 않았다 —

그들은 흥미로운 일들을

삼켰고

험악한 날씨를 먹고 컸으며,

땅과 사람들한테서

음식을 얻었다.

신발에는 먼지가 낀 채

나는 가는 중이다

신화에서 자유롭게:

책들은 서가로 보내자,

나는 거리로 나가련다.

나는 삶 자체에서

삶을 배웠고,

단 한 번의 키스에서 사랑을 배웠으며

사람들과 함께 싸우고

그들의 말을 내 노래 속에서 말하며

그들과 더불어 산 거 말고는

누구한테 어떤 것도 가르칠 수 없었다.

— 파블로 네루다, 「책에 부치는 노래 1」에서

시를 평생의 업으로 삼으며 시를 읽고 가르치며 또 배우는 저는 "왜 하필 시를 전공했느냐?"는 질문을 자주 듣습니다. '하필'이라는 말을 달고 이런 질문을 하는 이들은 대개 시에 대하여 어떤 고정된 자기만의 정의를 가지고 있는 경우가 많습니다.

한편으로는 시가 줄거리를 쉽게 알 수 있는 소설에 비해서 난해한 언어로 되어 있기 때문에 이해가 쉽지 않다는 것, 그래서 그 어려운 걸 어떻게 공부하느냐는 듯 신기하게 쳐다보는 시선이고, 다른 한편으로는 시는 현실과는 거리가 먼 어떤 것을 노래하는 언어이기에 시를 읽는 저도 척박한 현실에서 한 발 떨어진 채 두둥실 감상적인 유희를 즐기고 있지 않을까 하는 의구심입니다.

그런데 제게 시는 늘 가장 구체적인 현실이고 가장 절박한 외침이며 생생한 역사이고 또 가장 날것의 느낌으로 다가오는 언어입니다. 그래서 현실의 어떤 문제에 답을 구하기가 어렵고 막막한 어떤 날, 답답한 생각이 들 때는 늘 시를 찾아 읽고 시에서 답을 구하곤 했는데요. 대학 다닐 때 시집 살 돈이 충분하지 않아서 지금은 사라진 종로서적 계단을 오르내리며 몇 시간씩 선 채로 시집을 읽고 있노라면, 삶의 어지러운 주름들이 단번에 펴지고 고민하고 있던 문제에 대한 답이 눈에 선연히 그려지는 신기한 눈 뜸의 경험을 하곤 했지요.
그중에서도 네루다의 시는 지루한 장마 같은 날들의 꽉
막힌 느낌을 단숨에 뚫어주는 언어로 제게 구원이 되고
답을 주곤 했습니다.

사회의 모든 지표, 중고등학교는 물론이고 대학조차도
숫자를 앞세운 경쟁 논리에 휩싸여 오늘의 대한민국과
대한민국 국민을 규정하는 말은 '순위'가 되었지요. 공부와
학습의 진정한 의미가 사라지고 오로지 등급으로 모든
것이 규정되는 숨 막히는 시절, 더 큰 인내심을 마음에
새기면서 학생들과 함께 시를 읽으며 답이 없는 질문들을
하다가 파블로 네루다(Pablo Neruda, 1904~1973)의 시를
찾아 읽습니다.

네루다는 칠레의 민중 시인으로 20세기를 대표하는
시인으로 손꼽힙니다. 1971년에 노벨문학상을 받았고,
1973년 9월 군사 쿠데타로 칠레 아옌데 정권이 무너지자
병상에서 격렬하게 항의하는 시를 쓰다가 세상을 떠났고,
칠레 군부의 네루다 독살설을 규명하기 위해 시신을
발굴한다는 뉴스가 나왔더랬지요.

철도 노동자의 아들로 태어난 시인이 갓 열아홉의
나이에 낸 시집 『스무 편의 사랑의 시와 한 편의 절망의
노래』는 지금도 제가 가장 아끼는 시집 중 하나이고,

『사랑하고 노래하고 투쟁하다』라는 자서전을 보면 한 사람의 인생이 곧 칠레라는 나라의 굴곡진 현대사라는 걸 알게 됩니다. 그래요, 한 사람의 생은 그 자체로 하나의 역사입니다.

시인은 말합니다. "나는 책을 덮을 때/ 나는 삶을 연다"라고, 시인은 책을 덮고 항구와 거리의 외침을 듣습니다. 생략된 부분에서는 책을 덮고 나와 밤바다의 생동감 넘치는 모습에 이끌리는 모습이 그려집니다. 나는 책을 덮고 나와 과수원에서 일을 하고, 책을 덮고 고기를 먹습니다. 살면서 필요한 모든 유희와 노동이 책과는 거리가 먼 듯 보입니다. 이렇듯 시의 앞부분은 책과 자신과의 묘한 긴장관계가 형성되는데 책과 삶이 서로 충돌하면서 내는 화음을 들을 수 있습니다.

그 긴장관계는 책과 삶 사이에만 있지 않습니다. 시인은 계속해서 책과 다른 책들 사이의 긴장관계도 그리고 있으니까요. "책이여, 나를 놓아다오"라고 외치면서 시인은 "나는 작품집에서/ 나오지 않았고/ 내 시들은/ 시들을 먹지도 않았다"라고 이야기합니다. 그렇다면 시인은 왜 시를 쓰고 책을 낼까요?

시인이 "시들을 먹지도 않았다"라고 이야기할 때, 시인은 책 속의 글자에 골몰하는 시가 아니라 삶 그 자체를

S.OKADA
1924

담은 시를 쓰겠다는 다짐을 말하는 것 같습니다. 그러한 다짐이 바로 뒤에 "거리로 나가"는 시인의 모습 속에 그려지니까요. 그렇다면 시인에게 시는, 새로운 시는, "사람들과 함께 싸우고/ 그들의 말을 내 노래 속에서 말하며/ 그들과 더불어 산" 기록이자 노래가 아닐까 합니다.

"그들과 더불어 산 거 말고는/ 그 누구에게 어떤 것도 가르칠 수 없었다"라는 고백은, 그러므로 그들과 더불어 산 이야기만이 진심으로 그 누구에게 어떤 마음의 무늬를 남길 수 있는 것이라는 확언으로 들립니다. 이쯤 되면 시인이 품었던 책에 대한 회의가 새로운 시를 통한 희망으로 갈아입는 것 같습니다. 그 새로운 시야말로 우리를 함께하게 하니까요.

'더불어 산다'는 것은 비슷한 시/공간을 함께 경험한다는 것이고, 그 함께 살아감을 더불어 느낀다는 말이겠지요. 지금 우리 시대가 요구하는 삶의 방식은 모든 이가 1이라는 숫자만 보고 달리는 무한경쟁 원리가 지배하는데, 이러한 터에서는 더불어 살며 더불어 느낀다는 것이 불가능합니다.

통합이 아니라 배제의 방식이 지배하는 줄 세우기 경쟁 대신 사람들과 함께하는 언어를 통하여 서로 다른 질문들을 나누고 자유롭게 답을 탐색하는 삶의 방식으로 전환되지 않으면 다음 세대는 어쩌면 소통과 공감이라는 말 자체를 잊어버리고 모두 각자의 고립된 벽 안에서 자기만의 노래를 알 수 없는 기호처럼 새기며 살아가게 될지도 모릅니다.

더불어 사는 것 외에 그 어떤 것을 우리가 가르치고 이야기하고 노래하고 또 물려줄 수 있을까요? 이 질문이 시작되는 곳도 바로 "지금 여기, 우리"의 공간이고 이 질문에 대한 답도 바로 "지금 여기"에서 시작됩니다. 지금 이곳, 당신과 나, 우리가 아니라면 이 삶은 무슨 의미가 있을까요? 신발에 먼지를 묻히며 삶 자체를 먹고 사는 지혜를 배울 곳, 지금 여기, 함께입니다.

언어 연습

13장의 언어 수업은 다음 시 구절을 암송해 보는 거예요. 시의 후반부에 해당되는 구절이예요. 영어 번역으로 읽어 볼게요.

I'm on my way
with dust in my shoes
free of mythology:
send books back to their
shelves,
I'm going down into the streets.
I learned about life
from life itself,
love I learned in a single kiss…

14 * '기억'에 대하여

"a single heart beating under glass"

나는 술집으로 걸어 들어가네, 내 잠시 떠나 있던 곳.
　술집은 텅 비어 있고
바텐더가 내게 말하네, 인디언들은 모두 떠나고
　없다고, 이 사람들이 어디로 갔는지 혹 아느냐고.
나는 바텐더에게 말하지. 모른다고. 그러자 바텐더는
　맥주 한 잔을 주는군,
내가 인디언이라서, 작은 호의로, 그러고 보니 나도
　궁금하다네, 인디언들이 모두 어디로 사라졌을까,
잠시 후 나도 그 곳을 떠나지, 거리를 샅샅이 헤매고,
가게 앞을 서성거리다가 마침내 전당포로 걸어
　들어간다네, 거기 유리창 아래서 아직도 쿵쿵 뛰고
　있는 심장 하나를 발견하지.
나는 알아. 그게 누구의 심장이었는지, 나는 그 모두를

알고 있다네.

I walk into the bar, after being gone for a while and
it's empty. The
Bartender tells me all the Indians are gone, do I know
where they went?
I tell him I don't know, so he gives me a beer just for
Being Indian, small favors, and I wonder where all the
Skins disappeared
To, and after a while, I leave, searching the streets,
the storefronts,
Until I walk into a pawn shop, find a single heart
beating under glass, and
I know who it used to belong to, I know all of them.

이 시는 셔먼 알렉시(Sherman Alexie, 1966~)라는 미국의 인디언 시인이 쓴 시 「전당포(Pawn Shop)」입니다. 영화도 만들고 시도 쓰고 소설도 쓰면서 아주 자유롭고 활기 차게 작품 활동을 하고 있는 대표적인 아메리카 인디언 시인입니다. 워싱턴주 스포캐인 인디언 보호구역(Spokane Indian Reservation)에서 태어났는데,

영어로 교육을 받은 덕분에 영어로 작품 활동을 하면서 많은 독자를 갖게 된 시인이랍니다.

인디언이라고 하면 우리는 대개 영화에서나 볼 수 있는 사람들을 생각하지요? 시대에 한 발 뒤처진 우스꽝스러운 인물, 알코올 중독자를 떠올리기도 하고요, 깃털을 머리에 꽂고 말을 타고 초원을 누비는 전사, 지금 시대에는 상상할 수 없는 비현실적인 자연인을 떠올리기도 합니다. 어떤 경우든, 지금은 사라져가는 종족의 슬픈 이름으로 생각하기 쉽지만, 사실 인디언들의 삶은 현재진행형으로 계속되고 있는 이야기랍니다. 이 시에서 텅 비어버린 술집을 지나, 전당포 안에서 쿵쿵 뛰는 심장으로 만나는 인디언, 이들이 누구일까요?

우리는 흔히 미국이란 나라가 1492년 10월 12일 크리스토퍼 콜럼버스에 의해 발견된 신대륙, 문명의 힘으로 새롭게 개척된 땅이라고 말하지요. 하지만 돌이켜 생각해 보면 미국이란 나라는 'United States of America'가 되기 아주 오래전부터 주인이 있던 땅이었고, 그 땅의 주인인 인디언들이 평화롭게 살던 곳이었지요. 아주 오랫동안 그 땅과 더불어 살아 온 아메리카 인디언들이 문명과 개척의 역사에서 철저히 소외되고 지워져 왔기 때문에 이들의 이야기도 역사 속에서 지워지고 잊혀 온 것이지, 이들은 지금도 미국 땅에서 여전히 주인으로 살아가고 있는 셈이지요.

미국 역사의 거대 담론에서 아메리카 인디언들은 낙오된 자들, 사라져 간 자들이 되었지만, 우리가 지금 이 시를 통해 만나는 전당포 안의 팔딱이는 심장 이야기는 어쩌면 억압과 폭력, 멸절의 역사를 딛고 버티어 살아남은 자의 목소리가 아닐는지요.

이 시를 쓴 알렉시는 1960~1970년대 아메리카 인디언 문학 르네상스가 개화된 이래 그 뒤를 잇는 차세대 작가로 주목받고 있는데요, "시는 분노와 상상력의 만남"(Poetry = Anger × Imagination)이라는 독특한 시적 전략을 내세워, '화'와 '분노'라는 부정적 에너지와 진실, 땀, 접촉, 육체적인 친밀감 등과 연결되는 긍정적 에너지를 결합하면서 사라져가는 인디언들의 학살의 역사를 다시 시로 그려내고 있답니다.

이 시에서도 전반적인 느낌이 참 쓸쓸하지요. 이제는 퇴락해 버린 작은 마을, 사람들이 떠나고 없는 마을의 술집에서 바텐더가 불쌍히 여겨 권하는 공짜 술을 마시는 화자의 모습이 적적하기 그지없습니다.

아마도 시의 화자는 이 마을 출신이었다가 타지로 나가 살다가 잠시 다시 돌아온 듯합니다. 인디언 보호구역에서 자라난 많은 젊은이들이 새로운 삶을 찾아 대도시로 나갔다가 '돈'과 '이익'의 논리가 절대적으로 작용하는 문명사회에 적응하지 못하고 패잔병으로 죽어가거나 낙오자가 되어 다시 고향으로 돌아오게 되는데, 그런 운명을 이 시의 화자도 겪고 있는지 모르겠습니다. "인디언이라서, 작은 호의로" 바텐더가 내미는 술잔을 받는 화자의 모습이 자못 쓸쓸하게 느껴지기 때문입니다.

대문자 S로 시작하는 'Skins'는 아메리카 인디언을 지칭하는 말이지요. 'Redskin'이라고도 하고요. 이 인디언들이 모두 어디로 사라졌을까, 시의 화자는 거리를 샅샅이 뒤집니다. 텅 빈 거리를 혼자 헤매는 화자, 마을도 그 마을의 주인들도 모두 쇠락의 역사 속으로 사라져버린 공간, 사라져버린 사람들인 셈이지요.

그런데 시가 단순히 시대에 뒤처져 사라진 자들의 쓸쓸함만 환기하고 있는 것은 아닙니다. 거리를 헤매다 시의 화자가 들어간 곳이 전당포인데요. 그곳에서 화자는 심장 하나를 발견합니다. 죽어 있는 심장이 아니라 아직도 팔딱팔딱 숨을 쉬고 있는 심장이고요. 전당포 유리 아래에서 뛰고 있는 심장, 시의 화자는 그 심장이 누구의 것인지 알고 있다고 합니다. 그러면서 모든 사라진 이들,

심장을 떼놓고 돈을 빌려서 또 하루치를 살아야 했던, 혹은 먼 타지로 새로운 삶을 찾아 떠나야 했던, 하지만 결국에는 쓸쓸한 낙오자로 죽어갔을 모든 다른 인디언들을 시인은 불러오고 있습니다.

어떻게 부를까요? 그들은 이미 사라졌는데요. 이미 죽어서 이 땅에 없는데요. 다시 살리는 것이 현실적으로 힘든 상황에서 우리 남은 자들은 어떻게 이들을 불러올 수 있을까요?

이때 우리가 기댈 수 있는 유일한 힘은 바로 기억하는 행위입니다. 알고 있다는 것, 기억하고 있다는 것은 바로 이들의 삶을 되살리는 일의 첫 출발이기 때문입니다. “나는 알아, 그게 누구의 심장이었는지, 나는 그 모두를 알고 있다네”라는 시 말미의 확언은, 그러므로 실패하고 돌아온 자의 쓸쓸한 외침이라기보다는 기억하는 행위 속에서 팔딱팔딱 외로이 숨 쉬는 주인 잃은 심장을 우리 모두에게 다시 돌려주는 그런 적극적이고 윤리적인 실천의 외침입니다. 나는 심장을 꺼내놓고 사라진 사람들을 하나하나 다 알고, 이들을 다시 불러서 여러분의 삶 안에 던져 놓겠으니 제발 잊지 말아 달라는 그런 외침인 것이지요.

이 단계에 이르면, 전당포 유리 안에서 홀로 뛰던 주인

잃은 심장은 우리 독자들의 가슴속에서 함께 뛰게 되고, 이처럼 함께 숨 쉬는 가운데, 그 심장은 어쩌면 새로운 주인을 찾게 되는 것인지도 모르겠습니다.

이 시를 소개하려다 문득 '전당포'라는 단어를 모르는 학생들도 많을 것 같다는 생각이 들었습니다. 사람이나 풀, 꽃, 동물만 나고 죽고 하는 것이 아니라, 언어와 말도 태어나고 또 죽는 과정을 거치는 것 같습니다. '전당포'는 물건을 담보로 돈을 빌려주는 가게를 말하지요. 대개 좁은 골목에 위치해 있었다지요.

1970년대에 대학을 다닌 분들은 전당포에 책을 맡기고 술을 마셨다는 이야기도 많이들 하십니다. 요즘은 '러시×캐시' 라든가 '산×머니' 등등 고금리의 대출전문 업체들이 전화를 걸면 바로 돈을 입금시켜준다는 광고가 온라인에 등장하는 시절이라 돈을 빌려서 먹을 쌀과 마실 술을 사는 행위에 깃든 인간적인 체취가 많이 사라져버렸지요.

아버지에게서 물려받은 아끼던 시계, 책, 라디오 등 서민들의 손때 묻은 살림이 맡겨지고 푼돈을 찾아서 썼던 전당포, 가난한 이들의 절박한 삶의 마지막 구원이 되었던 그런 가게는 어느덧 서서히 우리 눈앞에서 사라져 가고 있어요. 이제는 인터넷 쇼핑몰까지 갖춘 전문 폰뱅크(Pawn

Bank)가 생겼다네요. 그러고 보면 자기가 가지고 있던 것을 저당 잡힌 채 이어지는 초라한 삶이 비단 옛 이야기만은 아닌 것 같습니다.

이 시에서, 시의 화자가 전당포 안에서 심장 하나를 찾을 때, 아직도 쿵쿵 뛰고 있는 심장 하나를 발견할 때, 그리고 그 심장이 누구의 심장이었는지, 심장을 꺼내 맡기고 돈을 찾아간 그 한 사람 한 사람의 인디언들을 불러올 때, 우리는 문명이라는 거대한 성장의 바퀴에서 매정하게 밀쳐져 죽어간 사람들을 다시 기억하기 시작합니다. 땅을 사랑하고 바람을 사랑하였기에 경쟁 논리를 습득하지 못했던 인디언들. 자기 몫을 빼앗기고 유린당하고서도 목소리가 없고 힘이 없어서 이야기하지 못하고 항의하지 못하는 '입이 없는 자들'이 우리 주변에는 얼마나 많은지요.

심장을 전당포에 맡기고 사라진 사람들, 이들을 향한 찬찬한 응시야말로 우리가 잃어버린 공동의 선을 회복하는 가장 가까운 길이 아닐까 싶습니다. 전당포 안의 심장을 만나는 일은, 그러므로 이 세계에 살면서 우리도 모르게 빚진 자들, 모든 다른 생명들의 존재의 자리를 어루만지는 일이 되겠지요. 그 손길 안에서 이 세계는 승자들만의 무대가 아니라 비로소 여럿이 함께 가는 평화와 공존의 터가 될 수도 있음을 가만히 느껴보는 것이지요.

언어 연습

14장의 언어 수업은 AI도 ChatGPT도 모르는 번역 이야기입니다. Skins는 인공지능이 번역하면 '피부'라고 번역하거든요. 인디언을 가리키는 말로 Redskin이 있고 이걸 줄여서 Skin이라 한다는 걸 잘 모르고 말이지요. 시를 읽는 일은 문화와 역사를 구체적으로 마주하는 일, 그러므로 시와 함께 하는 언어 수업은 인공지능이 축적하는 정보의 바다에서 놓치는 것을 포착하게 합니다. 구체적인 삶의 실감에 바탕한 번역이 시에 새로운 생명을 불어넣습니다. 이렇게 생각해 보면, 시 번역도 꽤 매력적인 작업 아닌가요?

15 * 시로 쓴 대자보

컵라면과 숟가락, 옷핀과 우산, 열쇠

작업에 몰두하던 소년은
스크린도어 위의 시를 읽을 시간도
달려오는 열차를 피할 시간도 없었네.

갈색 가방 속의 컵라면과
나무젓가락과 스텐수저
나는 절대 이렇게 말할 수 없으리.
"아니, 고작 그게 전부야?"

읽다 만 소설책, 쓰다 만 편지
접다 만 종이학, 싸다 만 선물은 없었네.
나는 절대 이렇게 말할 수 없으리.
"더 여유가 있었더라면 덜 위험한 일을 택했을지도."

전지전능의 황금열쇠여,
어느 제복의 주머니에 숨어 있건 당장 모습을
나타내렴.
나는 절대 이렇게 말할 수 없으리.
“이것 봐. 멀쩡하잖아, 결국 자기 잘못이라니까.”

갈가리 찢긴 소년의 졸업장과 계약서가
도시의 온 건물을 화산재처럼 뒤덮네.
나는 절대 이렇게 말할 수 없으리.
“아무렴. 직업엔 귀천이 없지, 없고말고.”

소년이여, 비좁고 차가운 암흑에서 얼른 빠져나오렴.
너의 손은 문이 닫히기도 전에 홀로 적막했으니
나는 절대 이렇게 말할 수 없으리.
“난 그를 향해 최대한 손을 뻗었다고.”

허튼 약속이 빼앗아 달아났던
너의 미래를 다시 찾을 수만 있다면
나는 절대 이렇게 말할 수 없으리.
“아마, 여기엔 이제 머리를 긁적이며 수줍게 웃는

소년은 없다네."

자, 스크린도어를 뒤로하고 어서 달려가렴.
어머니와 아버지와 동생에게로 쌩쌩 달려가렴.
누군가 제발 큰 소리로 "저런!" 하고 외쳐주세요!
우리가 지옥문을 깨부수고 소년을 와락 끌어안을 수
　있도록.

— 심보선, 「갈색 가방이 있던 역」에서

대자보(大字報)라는 것이 있습니다. 원래 중국에서 의견을 개진하기 위해 벽에 걸었던 데서 유래하는데, 벽보 혹은 벽신문이라고도 하지요. 제가 대학을 다니던 1980~1990년대에는 대학생들이 학내에서 민주적인 여론 형성을 위해 대자보를 많이 이용했고, 지금도 자유롭게 의사를 전달하는 수단으로 대학가에서 많이 쓰입니다.

주로 넓은 흰 종이에 매직펜으로 손글씨를 써서 학생들이 많이 보는 게시판 벽에 붙여놓곤 하지요. 대개 학생회나 어떤 모임의 이름으로 의견을 내는데, 제가 가르치는 대학의 학생들 중에서도 가끔 용감하게 자기 이름을 가지고 직접 대자보를 쓰는 학생도 있답니다. 어떤 사안에 대해 목소리를 내는 게 별것 아닌 것 같아 보여도 참으로 큰 용기가 필요한 일이어서, 대자보를 쓸 일이 생기지 않는 사회를 꿈꾸곤 합니다.

이번에 소개하는 두 편의 시는 '시자보(詩字報)'의 모습으로 우리 시대의 무참한 벽에 붙은 슬픈 대자보입니다. 모두가 저마다의 목소리를 가지고 살지만, 또 많은 목소리가 묻히는 시절이라 수없이 많은 아픈 죽음에 대해 제대로 애도할 시간도 갖지 못하고 떠나보내곤 합니다.

열아홉 살 소년의 죽음 앞에서도 그만 망연자실, 입이 닫혀버렸습니다. 뭔가 엄청나게 잘못되고 있다는 사실은 진즉에 느끼고 있었지만, 이 처참한 죽음의 원인을 어디에서 어떻게 찾아야 할지, 자본과 이윤과 이기심과 사람에 대해 묻고 또 묻는 시간이었습니다.

죽음은 사실 그리 낯선 주제가 아닙니다. 우리는 매일 죽음을 경험합니다. 매일 가깝고 먼 사람들을 떠나보냅니다. 사람도 물건도 영원한 것은 없고 저마다의 수명이 있습니다. 모두 다 태어나서 살다 죽는 이 세상에서 죽음은 매일의 일상적인 사건입니다.

그런데 사람의 안전을 지키기 위해서 만든 지하철 스크린도어를 고치던 열아홉 살 소년이 세상을 떠난 적이 있습니다. 안전 규칙에는 2인 1조로 일해야 한다고 쓰여 있지만, 실질적으로 소년이 감당해야 했던 일의 무게가 그걸 불가능하게 했습니다. 제대로 맘 편히 밥 먹을 시간도 없이 일했던 소년은 가방에 컵라면과 숟가락을 가지고 다니면서 일하다가 지하철에 목숨을 잃고 말았습니다.

가정 형편상 대학을 가지 못했지만 열아홉 살의 이 소년은, 그렇게 목숨을 담보로 위험한 일을 하면서도 꼬박꼬박 월급을 아껴 적금을 붓고 동생에게 용돈을 주면서 정규직이 될 내일을 꿈꾸던 참으로 정직하고 성실한 청년이었습니다. 열아홉 살 소년의 차마 피지 못한 꿈을 생각하면서 우리가 지하철 스크린도어에 셀 수 없이 무수한 포스트잇 추모의 글귀로 아픔을 나눌 때, 우리의 시인은 시를 적습니다. 애도의 말조차 떠오르지 않는 무슨 말을 해야 할지 막막한 상황에서 이 시인의 입을 열게 만든 것은, 바로 폴란드 출신으로 노벨문학상을 탄 비스와바 쉼보르스카였지요.

죽음의 순간에 이르면
추억을 되돌리기보다는
잃어버린 물건들을 되찾고 싶다.

창가와 문 앞에

우산과 여행 가방, 장갑, 외투가 수두룩
내가 한번 쯤 이렇게 말할 수 있도록
"아니, 도대체 이게 다 뭐죠?"

이것은 옷핀, 저것은 머리빗.
종이로 만든 장미와 노끈, 주머니칼이 여기저기
내가 한 번쯤 이렇게 말할 수 있도록
"뭐, 아쉬운 게 하나도 없네요."

열쇠여, 어디에 숨어 있든 간에
때맞춰 모습을 나타내주렴.
내가 한 번쯤 이렇게 말할 수 있도록.
"녹이 슬었네. 이것 좀 봐. 녹이 슬었어."

증명서와 허가증, 설문지와 자격증이
구름처럼 하늘을 뒤덮었으면,
내가 한 번쯤 이렇게 말할 수 있도록.
"세상에, 태양이 저물고 있나 보죠."

시계여, 강물에서 얼른 헤엄쳐 나오렴.
너를 손목에 차도 괜찮겠지.

내가 한 번쯤 이렇게 말할 수 있도록.
"넌 마치 시간을 가리키는 척하지만, 실은 고장
　　났잖아."

바람이 빼앗아 달아났던
작은 풍선을 다시 찾을 수 있었으면
내가 한 번쯤 이렇게 말할 수 있도록
"쯧쯧, 여기엔 이제 풍선을 가지고 놀 만한 어린애는
　　없단다."

자, 열린 창문으로 어서 날아가렴.
저 넓은 세상으로 훨훨 날아가렴.
누군가 제발 큰 소리로 "저런!" 하고 외쳐주세요!
바야흐로 내가 와락 울음을 터뜨릴 수 있도록

— 비스와바 쉼보르스카,
「작은 풍선이 있는 정물」에서

사연은 이렇습니다. 너무 가슴 아픈 사연에 모두가 할 말을 잃은 상황에서 시인의 선배가 말했다지요. "그래도 너는 시를 써야 한다. 머지않아 다 잊을 텐데, 그래도 잊지 않는 이들이 있도록 시를 써야 한다."고요.

그때 사랑하는 이와 물건에 대한 잊을 수 없는 관계를 노래한 쉼보르스카의 시가 시인의 마음을 움직였고, 시인은 쉼보르카에게서 영감을 받은 이 추모시를 노란 종이에 손글씨로 직접 써서 지하철역 스크린도어에 붙여 놓았습니다. 나란히 쉼보르스카의 시와 함께 말이지요.

열아홉 살 소년의 죽음 앞에서 저마다 애도의 말을 하지만 어떤 경우엔 슬픔을 위로하려는 말들이 더 큰 상처가 되기도 합니다. "더 여유가 있었더라면 덜 위험한 일을 택했을지도."라는 말은 그 아이의 죽음에 대한 원인을 제대로 직시하지 못하게 합니다. 위험한 일은 어느 사회나 있지만 문제는 성실한 이로 하여금 매뉴얼을 잘 지켜서 위험 요인을 제거하는 시스템이 갖추어져야 합니다. 2인 1조라는 기본적인 안전 수칙도 지킬 수 없을 정도로 열악한 노동 환경에서는 한 아이의 죽음은 우리 모든 노동자들의 죽음과 맞먹습니다.

"죽음의 순간에 이르면/ 추억을 되돌리기보다는/ 잃어버린 물건들을 되찾고 싶다."고 쉼보르스카는 말합니다. 아우슈비츠 학살의 역사를 경험한 땅에서 시인은 죽어간 사람과 그가 남긴 물건을 생각합니다. 사람은 가고 물건은 남습니다. 물건이 떠난 이의 뒤에 남아서 그 사람의 생을 이야기하기도 하지만 이 세계를 떠나는 사람이 마지막 의지하는 것이 물건이 되기도 합니다. 물건은 한 사람의 전 생애이고 세계입니다.

소년의 가방 속에 남겨진 컵라면은 그 열아홉 살 소년의 전 생애입니다. 소년의 그 모든 외롭고 무참한 노동의 기억이 이제 우리에게 말을 겁니다. 우리는 무엇을 말할 수 있을까요? 더 열심히 공부했더라면 다른 일을 택했을 텐데, 더 부유한 가정에서 태어났더라면 대학생이 되었을 텐데, 그런 말을 할 수 있을까요?

그 어떤 말도 소년의 처참한 때 이른 죽음 앞에서 어떤 위로가 되지 못합니다. 반복되는 젊고 어린 죽음 앞에서 우리는 다만 미안하고 미안하고 또 미안할 뿐. 신영복 선생님은 읽는다는 행위에 대해서 다음과 같이 말씀하셨습니다.

> 책은 반드시 세 번 읽어야 합니다. 먼저 텍스트를 읽고, 다음으로 그 필자를 읽고, 그리고 최종적으로는 그것을 읽고 있는 독자 자신을 읽어야 합니다. 모든 필자는 당대의 사회·역사적 토대에 발 딛고 있습니다. 그렇기 때문에 필자를 읽어야 합니다. 독자 자신을 읽어야 하는 까닭도 마찬가지입니다. 독서는 새로운 탄생입니다. 필자의 죽음과 독자의 탄생으로

이어지는 끊임없는 탈주(脫走)입니다. 진정한 독서는 삼독입니다.

시인 심보선이 쉼보르스카와 시를 두고 나눈 대화도 결국 사회·역사적 토대에 언어와 마음이 함께 가닿은 결과입니다. 시인의 시가 떠난 소년에게 위로가 될 수 있다면, 그것은 바로 무책임한 위로의 말에 숨은 배제의 폭력을 깨닫게 하기 때문입니다. 그렇게 새로운 현실 인식과 반성으로 나아갈 때 가능한 변화가 뒤따르지 않으면, 그 어떤 미안함의 말도 소용이 없습니다.

이 무참한 현실이 어느 한 사람의 잘못이 아니라 자본과 이윤에 대한 무한한 믿음, 무관심과 이기심이 낳은 결과라는 것, 이에 대한 철저한 인식과 변화가 없다면 우리의 비참과 비극은 다시 또 돌아오리라는 것, 우리는 컵라면도 제대로 먹지 못하고 죽은 아이를 다시는 만날 수 없습니다. 소리쳐야 합니다. 그럴 순 없습니다. 열아홉 살 소년은 바로 우리인 동시에 아무리 애써도 더는 볼 수 없는 가엾은 우리의 죽은 자이니까요. 머지않아 다 잊겠지요. 잊을 수 있을까요? 잊힐까요? 잊지 않기 위해서 우리는 시를 읽고 나눕니다.

컵라면은 이제 더 이상 컵라면이 아닙니다. 컵라면을

남기고 떠난 소년이 말을 겁니다. 누군가 제발 이 지옥문을 열어젖혀 달라고. 더는 안 된다고, 더는. 이 목소리에 귀를 기울일 때 우리는 이기에서 이타로, 지옥에서 천국으로 가는 문을 열 수 있습니다. 이 목소리에 귀를 기울이지 않고 저마다의 무한 경쟁과 무한 이윤으로 끝없이 내달릴 때 지옥문 지하철의 현실은 더 광범위하게 퍼지겠지요.

유일한 희망은 함께하는 것. 함께 눈물 흘리고 함께 방법을 찾고 함께 나누는 것. 내가 아닌 다른 누가 해야 하는 일이 아니라 바로 내 일이란 것, 내 삶의 존재 조건이라는 것. 배제의 논리가 아니라 포용과 나눔으로 같이 가는 것. 이 세계의 유일한 원칙과 생존 조건은 고립이 아니라 유대입니다.

언어 연습

15장의 언어 수업은 나 자신의 '지금-여기'를 캐털로깅(cataloging) 기법으로 시로 써보는 거예요. 무엇이든 좋아요. 캐털로깅은 목록 나열하기인데요. 지금 나와 함께 있는 것이 바로 나를 규정하니 이 과정을 통해 나를 돌아보는 것이지요. 아침 6시, 저는 이렇게 써봅니다.

빨간 펜, 커피, 흰 종이, 안경, Complete
Coffee의 머핀,
"쯧쯧, 그만 일어나 나가라고."
그녀의 새벽은 하나도 바뀌지 않았네.

자리에서 벌떡 일어나 저는 밖으로 나갑니다. 늦여름 매미가 울고 있습니다. 맹렬한 찰나의 생(生)입니다.

16 * 꽃과 소녀와 청년

"Where have all the flowers gone?"

그 모든 꽃들은 다 어디로 갔나?
많은 세월이 흘렀는데
오래 전에 만발했던 꽃들은
모두 어디로 갔나?
그 모든 꽃들은 다 어디로 갔나?
아가씨들이 꽃을 모두 꺾었다네.
사람들은 언제쯤 알 수 있으려나?
사람들은 언제쯤 알 수 있으려나?

그 모든 어린 소녀들은 어디로 갔나?
많은 세월이 흘렀는데
그 옛날 젊었던 아가씨들은
지금 모두 어디로 갔나?

어린 소녀들은 모두 어디로 갔나?
모두 다 남편을 얻었다네.
언제쯤이나 사람들은 알 수 있을까?
언제쯤 사람들은 알 수 있을까?

그 모든 청년들은 다 어디로 갔나?
많은 세월이 흘렀는데
예전에 젊은 청년들은
지금 모두 어디로 갔나?
젊은이들은 모두 어디로 갔나?
모두 다 군인이 되었다네.
언제쯤이나 사람들은 알 수 있을까?
언제쯤 사람들은 알 수 있을까?

그 모든 군인들은 다 어디로 갔나?
많은 세월이 흘렀는데
그 옛날 군인들은
모두 다 어디로 갔나?
군인들은 모두 다 어디로 갔나?
모두 무덤으로 갔다네.
사람들은 언제쯤이나 알게 되려나?

언제쯤 사람들은 알게 되려나?

그 모든 무덤들은 다 어디로 갔나?
오랜 시간이 지났는데
그 옛날 무덤들은
모두 다 어디로 갔나?
무덤들은 모두 다 어디로 갔나?
만발한 꽃들로 뒤덮였다네.
우리들은 언제쯤 알게 되려나?
우리들은 언제쯤 알게 되려나?

Where have all the flowers gone?
Long time passing
Where have all the flowers gone?
Long time ago
Where have all the flowers gone?
Girls have picked them every one
When will they ever learn?
When will they ever learn?

Where have all the young girls gone?

Long time passing

Where have all the young girls gone?

Long time ago

Where have all the young girls gone?

Taken husbands every one

When will they ever learn?

When will they ever learn?

Where have all the young men gone?

Long time passing

Where have all the young men gone?

Long time ago

Where have all the young men gone?

Gone for soldiers every one

When will they ever learn?

When will they ever learn?

Where have all the soldiers gone?

Long time passing

Where have all the soldiers gone?

Long time ago

Where have all the soldiers gone?
Gone to graveyards every one
When will they ever learn?
When will they ever learn?

Where have all the graveyards gone?
Long time passing
Where have all the graveyards gone?
Long time ago
Where have all the graveyards gone?
Covered with flowers every one
When will we ever learn?
When will we ever learn?

시(詩)인 듯 노래인 듯, 이번에는 시처럼 아름다운 노래 가사를 하나 들려드리고자 합니다. 사실 예쁘고 희망찬 시를 함께 읽어보려다가, 아침 출근길, 꽉 막힌 도로에서 군용트럭 뒤 칸에 빼곡하게 일렬로 고개 숙인 채 앉아 있던 어린 군인들을 보다가 이 노래가 문득 생각났습니다. 독자들과 함께 읽고 싶다는 생각이 들었지요.

이 시는 미국 포크송 가수로 유명한 피터 시거(Peter Seeger, 1919~)가 1955년 첫 세 연을 써서 매거진 《싱아웃(Sing Out!)》에 발표하였고, 1960년 조 히커슨(Joe Hickerson, 1935~)이 4~5연을 덧붙여 완성한 것이랍니다.

피터 시거가 이걸 노래로 만들어 불렀지만, 후에 미국의 유명한 인권 운동가이며 가수인 조안 바에즈(Joan Baez, 1945~)와 '피터, 폴, 앤 메리(Peter, Paul and Mary)'라는 그룹이 함께 불러 전 세계적으로 유명해졌지요. 피터 시거는 처음에 한국전쟁과 베트남전쟁에서 희생된 젊은이들을 진혼하는 의미로 이 반전 가사를 만들었는데, 당시 반전운동이 한창이던 미국에서 이 노래는 대표적인 반전곡이 되었답니다.

"그 모든 꽃들은 다 어디로 갔나?" 노래는 아주 순하고 고운 결의 질문으로 시작하여 모든 꽃들의 향방을 묻습니다. 꽃은 대개 곱게 피었다 지는 운명을 타고나는데, 이 꽃들은 어디로 갔을까요?

시를 읽다 보면 그 꽃들은 어린 소녀들이 꺾었다는 걸 알 수 있습니다. 꽃은 왜 꺾나요? 무언가를 장식하기 위해, 기념하기 위해, 사랑을 고백하기 위해 꽃들을 꺾지요. 그러면 그 꽃을 꺾은 소녀들, 꽃의 아름다움을 알던 소녀들은 어디로 갔을까요?

노래는 "그 모든 어린 소녀들은 다 어디로 갔나?"라는 질문으로 이어집니다. 많은 세월이 흘렀는데, 그 옛날 어린 소녀들은 지금 다 어디로 갔나? 소녀들은 자라서 좋은 청년을 만나 결혼을 하지요. 그럼 소녀들이 가는 곳은 당연히 남편의 품이 되겠지요. 한없이 행복하고 좋은 그림입니다. 그럼 그 남편들, 젊은 청년들은 다 어디로 갔을까요?

다시 물어오는 질문 뒤에, 우리는 그 젊은이들이 모두 군인이 되었다는 이야기와 마주합니다. 그럼, 군인이 된 젊은 청년들은 모두 어디로 갔을까요? 평화로운 시기에는 그저 일정한 시기를 마치고 나오겠지만, 이 노래의 청년들은 다들 전장으로 나가는군요. 20세기는 전 세계적으로 크고 작은 전쟁의 시기였으니, 미국의 청년들도 예외는 아니었던가 봐요.

그럼, 그 모든 군인들은 다 어디로 갔을까요? 너무 아무렇지 않게 똑같은 톤으로 이어지는 질문 뒤, 군인들은 모두 무덤으로 갔다고 하네요. 참으로 급작스럽고 충격적인 하강 모드지요? 그럼, 그 무덤들은 다 어디로 갔을까요? 그 무덤들은 이제 꽃으로 뒤덮였다고 하네요.

노래 가사는 여기서 끝나지만, 우린 이제 다시 그 무덤가 꽃들을 꺾고 있을 어린 소녀들을 상상 속에서 다시 만납니다. 그리고 그 소녀들은 자라 여인이 되어 결혼을 하고, 결혼한 젊은 청년들은 다시 군인이 되어 전쟁터로 가고, 전쟁터는 다시 숱한 젊음의 무덤이 되고요.

이 끔찍이도 아름다운 순환, 각 연의 끝에 "사람들은 언제쯤 알게 되려나?"라는 질문이 두 번씩 반복되고, 마지막에 이르러 그 질문은 우리 스스로에게 돌아옵니다. "우리들은 언제쯤 알게 되려나?/ 우리들은 언제쯤 알게 되려나?"라고 말이지요.

"그들은 언제쯤 알게 되려나?"에서 "우리들은 언제쯤 알게 되려나?"의 변화는 참으로 큰 울림을 줍니다. 이 무지함의 주인공은 결국 그들, 남이 아닌 우리 스스로인 것이지요. 결국 모든 자각, 깨달음, 변화의 주인공은 우리들일 수밖에 없다는 것. 어떤 시대적인 불행과 그 불행에 희생된 사람들 뒤에도 결국은 우리의 책임이 남는다는 것. 이 노래는 참으로 간결하면서도 순하고 예쁜 어조로 이 통렬한, 거부할 수 없이 아픈 현실에 대한 인식을 일깨우고 있습니다.

이 노래는 스무 개가 넘는 언어로 번안되어 전 세계적으로 유명해져서 대표적인 반전 노래로 불리고 있습니다. 제가 그저 노래로 흥얼거리던 이 시를 미국에서, 그것도 시 강의 시간에 다시 만난 것은 2001년 9·11

사태 이후 미국에서 전쟁 분위기가 한창 고조되고 있을 때였습니다. 당시 9·11 이후 미국 전 지역에 팽배하던 애국주의적인 목소리와 대이라크전쟁 지지 움직임 때문에 반전 주장을 하는 것도 그다지 달갑게 여겨지지 않던 분위기였답니다.

그래서 반전시를 읽는 것은 더더욱 조심스러운 움직임일 수밖에 없었지요. 그래서 반전시 읽기에 참가하려고 마음먹었던 외국인 몇 명은 참가를 포기하기도 했는데, 전쟁의 처참한 실상을 너무 잘 아는 지구상 유일한 분단국에서 온 저는 그 두려움에도 불구하고 반전시 읽기에 참가했지요.

스무 명 남짓 시인들이 참가한 그날 행사에서 유일한 외국인이 한국에서 온 저, 그리고 중동에서 공부하러 온 남학생 한 명뿐이었던 걸로 기억합니다. 그즈음, 시 수업 시간에 1970년대 청년문화와 반전, 그리고 포크송과 시 등을 연결하여 이야기하면서 이 노래를 다시 언급했던 기억이 나는데, 어쩌면 그때 저는 이 시를 다시는 떠올리는 일이 없기를 기도했었지요.

그런데 요즘, 우리의 분단 현실을 너무도 또렷하게 새겨주는 여러 긴장 국면 속에서 이 시가, 이 노래가 다시 생각이 났습니다. 다시 부르고 싶지 않은 이 노래,

다시 쓰고 싶지 않고 다시 떠올리고 싶지 않은 반전시가 말이지요.

이 아름답고도 슬픈 반전 노래가 불리던 시절이 언제 있었나 싶게 까마득한 옛이야기가 되길 바라는 마음, 이 염원이 평화를 향한 우리 한 사람 한 사람의 의지 있는 실천과 자각 속에 비로소 현실이 될 수 있기를, 그래서 "꽃과 소녀와 청년"을 잇는 예쁜 인연의 고리가 무덤가가 아닌 이 생(生)의 아름다운 나날 속에서 오래도록 환히 빛나기를 비는 마음에 노래 한 곡 여러분에게 선물합니다. "Where Have All the Flowers Gone?"

언어 연습

16장의 언어 수업은 다시 괄호 넣기로 돌아갑니다.

Where have all the ____________ gone?

그런 다음 이 시처럼 연상 작용을 통해 이야기를 만들어보세요. 여러분 세대의 이야기를요. 저는 여기 'boys and girls'를 넣어봅니다. 이후의 이야기는 나중에 들려드릴게요.

홀로 함께

17 * "살아남은 자의 슬픔"

"And then what happened?"

난 알아요, 알고 있어요, 알고말고요, 당연히 알죠,
알고 있어요.
당신에게 이 점을 납득시킬 수 없었다는 것을 말이죠.

하지만 지금의 어두운 시절은 지난 번 어두운 시절과
꼭 같아요.
그래요, 슬픈 나의 지인이여, 각각의 어두운 시절은

또 다른 어두운 시절과 구별할 수 없죠.
어제는 내일과 같이 가혹해요.

이 점에 대해선 어떠한 위안도 찾을 수 없죠.
하지만, 제발, "당신 슬픔이 최악의 슬픔은 아닙니다."

체호프는 그렇게 썼죠. 위안을 주려고 그랬겠지요.
그리고 나 또한 위안을 주고 싶어요, 하지만 어째서

당신이 우리를 믿어야만 하는 걸까요? 당신은 우리를
  믿지 않았어요.
당신은 스스로 목숨을 끊었어요, 당신의 마지막
  어둠의 시절이

제일 힘들었기에, 아무래도, 어두웠던 많은 시절
  중에서.
내 어떠한 시들도 당신의 목숨을 구할 순 없었어요.

당신은 낯선 사람이었던 것. 당신은 어두웠고 짧았죠.
그래서 나는 당신 슬픔의 크기에 숙연해집니다.
— 셔먼 알렉시, 「고별사(Valediction)」에서

늦은 밤에 같은 학교를 다니는 제자의 문자 메시지가 왔습니다. 고시촌이 밀집해 있는 동네에서 최근 두 명의 죽음을 전해 들었노라고. 한 명은 열흘이 넘도록 방치되어 있다가 뒤늦게 발견되었노라고. 그 시간에 친구를 만나

즐겁게 밥을 먹고 있었던 자신이 너무 밉다고.

잘 모르는 타인의 죽음에 대해서도 아프게 생각하는 이 친구는 공감 능력이 발달한 친구입니다. 그 학생이 너무 슬퍼할까 봐서, 슬픔이 너무 깊어져서 헤어 나오지 못할까 봐서, 저는 또 걱정이 되어서 바로 답을 보냈습니다. 너무 슬퍼하지 말라고, 가슴 아파하되 다른 죽음을 막는 법에 대해서 더 고민하고 함께 살아가는 방법을 열심히 모색해 보자고.

제가 건네는 말에 학생의 마음이 한결 누그러져서, 선생님이 걱정하시는 만큼 그렇게 슬퍼하는 것은 아니라고, 자기는 괜찮으니 걱정하지 말라는 말을 또 전해왔습니다. 알지도 못하고 다만 가까운 동네에 같은 모양의 방을 빌려 쓰는 학생의 신분이라는 공통점만 두고도 이 친구의 자책감은 우리 모두가 함께 나누어 가져야 하는 공동체적 삶의 윤리를 일깨웁니다.

문득 짧은 시 하나가 생각났습니다. 독일의 시인이자 극작가인 베르톨트 브레히트(Berthold Brecht, 1898~1956)는 「살아남은 자의 슬픔」이란 시에서 이렇게 말합니다.

물론 나는 알고 있다. 오직 운이 좋았던 덕택에

나는 그 많은 친구들보다 오래 살아남았다.
그러나 지난 밤 꿈속에서
이 친구들이 나에 대하여 이야기하는 소리가
 들려왔다.
"강한 자는 살아남는다."
그러자 나는 자신이 미워졌다.

브레히트가 이 시를 쓴 것은 1944년입니다. 당시 셀 수 없는 사람의 목숨을 앗아간 두 차례의 세계대전과 홀로코스트가 있었던 20세기 초, 세계에 드리운 어둠을 지나면서 시인은 살아남은 자의 슬픔에 대해 이야기합니다. 그로부터 백년도 더 지난 시간에 여전히 어떤 이는 죽어가고 어떤 이는 살아남고, 살아남은 이는 슬퍼합니다.

셔먼 알렉시(Sherman Alexie, 1966~)의 시는 바로 그러한 살아남은 자의 슬픔을 이야기합니다. 알렉시는 아메리카 원주민 시인이지요. 원주민이면서 부족의 말을 배우지 못하고 인디언 동화 정책의 일환으로 영어를 배워야 했고, 억지로 떠밀려 영어를 배운 덕에 영어로 쓴 시가 널리 알려져 《뉴요커》에서 선정한 "21세기 유망 작가 20인"에 뽑히는 등 계속해서 왕성한 작품 활동을 하고 있는 인디언 시인입니다.

앞의 시는 「고별사」라는 제목을 달고 있습니다. 친구에게 전하는 작별 인사인데, 그 친구는 안타깝게도 자기 목숨을 스스로 저버리고 떠났습니다. 첫 줄에 시인은 '안다'라는 말을 다섯 번 반복합니다. "난 알아요, 알고 있어요, 알고말고요, 당연히 알죠, 알고 있습니다. 당신에게 이 점을 납득시킬 수 없었다는 것을." 시의 화자는 떠난 친구에게 무엇을 설득하려고 했을까요? 세상을 등진 시인의 친구는 너무 불행하고 힘겨웠겠지요. 그러면 시의 화자는 어제도 오늘도 힘드니까 어쨌든 참고 견디라는 말을 했겠지요.

'난 알아요'를 한두 번도 아니고 다섯 번이나 반복하는 건, 안다는 의미를 강조하기 위한 것이기도 하지만 실상은 아무것도 알지 못한다는 반어적 표현이기도 합니다. 어쩌면 시의 화자는 친구의 불행 앞에서 사실상 아무것도 할 수 없었던, 다시 말하면 아무것도 알지 못했던 자신의 무능과 무심을 고백하고 있는 것인지도 모릅니다.

시에서 반복되는 말은 '안다'는 말뿐만이 아닙니다. '어두운 시절'이 여섯 번이나 반복됩니다. 마지막에 죽은 친구를 떠올리면서 "당신은 어두웠고(dark)"에서 한 번 더 반복됩니다. "어제는 내일과 같이 가혹하다"는 말은 시

전반에 드리운 이 어두움을 배가시키고 있습니다.

그 어두움은 시대적 절망의 다른 표현입니다. 그런데 그 말을 거듭 마주하면서 독자는 이상하게도 마음이 착 가라앉습니다. 절망의 반복을 통해 현실에 대한 눈을 뜨게 만드는 효과라고나 할까요? 어떤 위안도 위로도 희망도 찾을 수 없는 현실. 꽉 막힌 길. 절망에 빠진 이를 위로할 때, '너만 슬픈 게 아니야.'라든가 '네 슬픔이 가장 큰 슬픔은 아니야.'라고 이야기하면 그게 위로가 될까요?

안타깝게도 시 속 화자의 친구는 위로를 받지 못한 듯합니다. 마지막 어둠의 시절을 끝내 이겨내지 못했고, 그랬기에 세상을 스스로 저버렸던 것이니까요. 그 가장 어두운 마지막 어둠은 자살로 생을 마감한 많은 이들이 공통적으로 직면했을 상황이기도 합니다. 친구의 가장 어두운 어둠, 그래서 시인은 친구에 대해 "당신은 낯선 이"였다고 말합니다.

이 고백은 사실상 자신에 대한 가장 절절하고 아픈 고백이요 반성입니다. 첫 부분에 '나는 알아요'라는 말을 다섯 번이나 반복하면서 친구의 절망에 대해 어떤 것도 할 수 없었음을 자인하는 것도, 결국 친구 앞에서 '낯선 이'로 남을 수밖에 없었던 자신의 무지와 무관심을 고백하는 말이 아닐까 싶습니다.

내가 당신의 절망에 대해 잘 알지 못했음을 아프게 고백하는 일. 내 말과 내 글과 내 시와 내 자리의 어쩔 수 없음, 그 무용(無用)함을 자각하는 일은 큰 용기를 필요로 합니다. 친구라고 알고 있었으나 사실 아무것도 몰랐던, 내겐 너무 낯설었던 사람. 시의 말미에 "당신 슬픔의 크기에 숙연해진다."는 고백은 그러한 자각이 있기에 가능합니다.

그래서 앎과 위안의 관계에 대해 생각하게 되었습니다. 안다고 생각할 때보다 모른다고 생각할 때 더 진심 어린 위로가 가능할지도 모릅니다. 새로운 길은 현실의 어둠을 부정하는 밝음 안에서 가능한 게 아니라 현실의 어둠을 직시하고 타인의 고통의 깊이를 가늠하고 나서야 가능할 거라는 생각.

안다고 말하는 것보다 알지 못함을 고백하는 일. 공감은 안다는 것보다 모른다는 것, 공감의 한계를 직시하는 데서 그 첫걸음이 시작됩니다. 타인의 고통을 내 행복을 위한 위안으로 삼을 것이 아니라, 내 시선을 낮추어 타인의 절망의 깊이를 잴 때, 그 고통은 조금이라도 나누어져 가볍게 바뀔 것입니다.

「고별사」를 읊는 시간은 함께 걷는 새로운 출발을 약속하는 시간. 우리 사는 일이 어제와 같이 힘든 시간을 다시 또 견뎌야 하겠지만, 그 견딤을 조금이라도 수월하게 해주는 것은 바로 함께 걷는 길, 함께 나누는 이야기입니다. 각자의 자리에서 홀로 남아, 알면서도 모르는, 모르면서도 알 듯한 슬픔을 바라봅니다.
미안해하며 하루를 더 견딥니다. 그렇게 우리는 홀로, 함께가 됩니다.

언어 연습

17장의 언어 수업은 후일담에 대한 거예요. 글 앞에 제가 적은 질문, "And then what happened?"에 어떤 대답이 가능할까요?

어쩌면 이 시의 핵심은 친구의 죽음이 아니라 죽음 이후 남겨진 자의 이야기가 아닐까 싶어요. 여전히 어두운 시절, 남은 자는 어떻게 삶을 이어갈까요? 시의 마지막 행, "And I am humbled by the size of your grief."의 마음처럼 숙연하게 타인의 고통을, 슬픔의 크기를 헤아리려 애쓰는 마음, 거기 답이 있을까요?

18 * 조용한 목소리

“What is your small revolution?”

민주주의는 결코 오지 않는다
오늘이나 금년에는
결코 오지 않아.
타협과 두려움을 통해서는 결코.

나도 다른 이들과 똑같이
권리를 가지고 있지.
당당히 두 발로 딛고 서서
내 땅을 가질 권리.

사람들의 이야기를 듣는 게 난 신물이 나.
일이 되는 대로 놓아두자는 따위의 말
내일이 되면 좋아진다는 따위의 말

내 자유는 내가 죽고 나면 필요 없는 것.
내일의 빵으로는 나는 살 수가 없어.

자유는
필요의 요구라는 대지 위에
경작되는
힘찬 씨앗.

나 또한 여기 살아 있어.
나 또한 자유를 요구해.
너희들과 마찬가지로.

— 랭스턴 휴즈, 「민주주의(Democracy)」에서

미국의 흑인 민권 운동이 본격화되기 이전에 할렘 르네상스라는 흑인 문학, 문화 운동을 주도한 시인 랭스턴 휴즈(Langston Hughes, 1902~1967)의 시를 읽으며 민주주의의 가치에 대해 이야기를 해볼까 합니다. 랭스턴 휴즈는 아프리카계 미국인, 유럽계 미국인, 미국 내 아메리카 원주민 등 다양한 인종의 혼혈아인데요, 아프리카계 미국인을 대표하는 시인으로 유명합니다.

어렸을 때부터 할머니의 사랑을 듬뿍 받으며 자란

휴즈는 가족을 버리고 떠난 아버지를 찾아 떠난 여행 등 여러 우여곡절을 거쳐 자기 정체성에 대한 깊은 고민을 시로 썼습니다.

어릴 때부터 문학에 재능이 있었지만 아버지는 아들이 기술자가 되기를 원했고, 기술자가 되는 조건으로 대학 학비를 지원해 준다는 약속을 했다고 하지요. 그래서 컬럼비아대학교에 진학해 기술자가 되는 시늉을 하다 만 일화도 있습니다. 결국 문학에 대한 열망을 꺾지 못해 휴즈는 계속 시를 썼고, 시 외에도 소설과 드라마 등 다양한 장르를 섭렵하면서 1930~1940년대 할렘 르네상스를 주도했습니다.

20세기 중반의 미국 사회를 생각해 보면 미국의 흑인 인권 운동이 1950~1960년대에 본격화되어 아메리카 흑인들의 차별 철폐 및 투표권 획득을 위한 20세기 대표적인 민주주의 투쟁이 시작되었지요. 랭스턴 휴즈가 성장하던 시절에는 흑인 인권 운동이 싹트기 전이라서, 어쩌면 휴즈의 시는 흑인 인권 운동을 앞당긴, 그 토양에 씨를 뿌린 문화 운동이 되었다고 봐도 되겠습니다.

지금이야 상상하기 어렵지만 노예 해방이 선언된 날이 1862년 9월 22일입니다. 당시 에이브러햄 링컨 대통령이 남북전쟁을 승리로 이끌면서 노예해방을 선언했는데, 실제

생활의 차원에서는 여전히 차별과 핍박이 횡행했음은 쉽게 상상할 수 있습니다.

랭스턴 휴즈가 살았던 20세기 초반의 미국은 여전한 차별 속에서 미국의 민주주의가 시험받던 시기였습니다. 차별과 탄압을 피해서 멕시코로 떠나버린 아버지였지만 휴즈 자신은 흑인으로서의 정체성에 대해 항상 자부심을 가지고 있었다고 합니다. 당당한 할머니의 자애로운 사랑 덕분에 가능했던 것이지요.

랭스턴 휴즈의 시는 교실에서 가르치기에 좋은 시가 많은데요, 이번에 고른 시는 특별히 「민주주의」라는 제목을 달고 있는 시입니다. 휴즈는 시인 월트 휘트먼(Walt Whitman)을 좋아했는데, 19세기 미국이 국가로 성장할 때 휘트먼이 힘차게 노래했던 미국의 가능성과 민주주의의 이상이 20세기에 와서 처절하게 부서진 것을 목격합니다.

그래서 민주주의라는 것은 이미 당도한 어떤 것이 아니라 하루하루 나날의 싸움을 통해 달성하고 성취해야 할 과정이라는 것을 실감하고 이를 시에서 노래했습니다. 앞의 시는 바로 그러한 자각을 당당하게 드러냅니다.

흔히 우리는 어려운 일 앞에서, "에이, 어떻게든 되겠지. 나 아니라도 싸울 사람들이 있을 거야. 나 아니어도 될 거야. 괜히 나서지 말아야지." 이런 생각을 많이 합니다. "모난 돌이 정 맞는다."라는 속담도 있지만, 괜히 나섰다가 손해를 볼까 봐 적당히 뒤에 숨어서 편하게 다른 이들의 걸음에 묻어가려는 게 대다수의 생각이지요.

하지만 휴즈는 첫 연에서 단호하게 말합니다. 민주주의는 타협과 두려움을 통해서는 결코 오지 않는다는 것을, 오늘도 안 올 것이고, 내일도 안 올 것이고 내년에도 오지 않을 거라는 걸. 이 말은 우리 일상에서 비교적 온당하게 여겨지는 '타협'이라는 말의 의미에 대해 다시 생각하게 합니다. 타협은 너그럽고 좋은 자질인 것 같지만 실은 악과 불의에 눈감는 비겁한 자질이 되기 쉽습니다. 친구라서, 친척이라서, 학교 선후배라서, 직장 동료라서, 동네 이웃이라서, 이런 식의 관계와 연고에 우리는 얼마나 쉽게 법과 원칙을 무시하는지요?

두려움도 마찬가지입니다. 대개 사람들은 힘과 권력 앞에서 두려움을 느낍니다. 권력에 대들었을 때 손해 볼 것을 마다하지 않고 힘있는 자에게 틀린 것을 틀리다고 따지는 사람은 그리 많지 않습니다. 휴즈는 보통 사람들의 마음에 너무 쉽게 평안하게 자리를 잡는 두 감정에 대해 말을 하면서, 타협과 두려움이 있는 한 민주주의는 결코 오지 않는 손님이란 걸 강조합니다.

민주주의는 무엇일까요? 민주주의는 모든 개개인의

자유와 평등이 근간이 되는 제도입니다. 한 개인이 다른 개인에게 복속되지 않고 저마다 당당한 삶의 권리를 찾아 나서는 길, 이게 민주주의입니다. 민주주의는 지금 와서는 당연하게 생각되는 정치 제도이지만, 왕이 지배하는 신분제 사회를 한때 살았던, 또 독재 정권 아래서 너무 많은 사람들이 죽어갔던 우리나라의 역사적 현실에서도 뜨거운 이름입니다. 이 민주주의를 위해 너무나 많은 사람들이 피를 흘렸으니까요.

자유와 평등이 쉽게 오지 않는 사회에서 싸운 한 예로 로자 파크스(Rosa Parks)의 작은 혁명을 들 수 있습니다. 미국에서 흑백차별이 여전히 너무나 심한 앨라바마에서 평범한 가정주부였던 로자 파크스가 버스 안에서 흑백차별에 싸운 게 겨우 1955년, 아직 100년도 채 안 된 일입니다.

당시 버스 운영 원칙을 보면, 첫째로 버스 기사는 반드시 백인이어야 하고, 둘째로 버스 앞에서부터 네 줄은 백인들만 앉을 수 있었습니다. 설령 버스 안이 비어 있어도 흑인은 앉지 못합니다. 셋째, 버스에 자리가 차면 흑인들은 백인들을 위해서 자리를 비워야 하고요. 이런 곳에서 로자 파크스가 불의에 대항하여 이의를 제기한 것입니다.

1955년 12월 1일, 앨라배마 주 몽고메리에서 백인

로자 파크스(1955년)

승객에게 자리를 양보하라는 버스 운전사의 지시를 거부한 로자 파크스는 결국 경찰에 체포됩니다. 하지만 이 사건은 382일 동안 계속된 몽고메리 버스 보이콧으로 이어졌고, 이는 인종 분리에 저항하는 큰 규모의 민권 운동으로 번져 나갔습니다. 이 운동은 아프리카계 미국인의 인권과 권익을 개선하고자 하는 미국 민권 운동의 시초가 되었지요.

휴즈의 시는 바로 이러한 상황을 예견이라도 하듯

노래합니다. 죽고 나면 내 자유는 무슨 의미가 있나요? "내일이면 잘될 거야."라는 말도 믿지 않는다는 말은 타협과 수긍으로 흑인들을 구슬려 복종의 대상으로 삼았던 미국 백인들에게 들으란 듯이 하는 말이기도 합니다. "나도 내 권리를 가지고 있어, 나도 자유롭게 노래하고 숨 쉴 수 있어, 이 자유로운 땅 미국에서 말이야." 휴즈의 목소리는 다시 인종주의가 새로운 화두가 된 지금 미국에서도 여전히 뜨겁고 아프게 울립니다.

우리는 어떤가요? 우리는 급속한 근대화와 민주주의를 동시에 달성할 것 같은 신기루에 빠져 너무나 많은 것을 잃었습니다. 군사 독재 시절을 지나 1980년대를 거쳐 어렵게 이룬 민주주의는 거저 온 게 아니었습니다. 꿈 많은 대학생이었던 박종철과 이한열 등 수많은 고운 청년들의 피를 딛고 얻은 민주주의였습니다. 그런 민주주의는 시민들의 무관심 속에서 또 매우 쉽게 후퇴합니다. 우리는 그런 사례들을 너무 많이 봐 왔습니다.

랭스턴 휴즈는 꿈을 어떻게든 굳게 붙들라고 말합니다. "만약 꿈이 죽으면 날개 부러진 새가 되어 더는 날 수 없기 때문"이라면서요. 꿈을 살리는 일은 새를 날게 하는 일. 거대한 이념으로서의 민주주의가 아니라 일상의 민주주의를 매일 실천하는 일. 폭력과 억압에 맞서 싸우는 매일의 혁명을 지속적으로 실천해 나가는 것. 이를 위해 다시 타협과 두려움을 버려야 합니다. 권력에 머리를 조아리지 않고 바름의 가치와 정의에 기대어 일상의 싸움을 지속하는 것. 그것이 우리가 다시 꿈꾸는 민주주의의 나날입니다.

언어 연습

18장의 언어 수업은 '나만의 작은 혁명'을 상상하고 적어보는 것입니다. 앞서 18장에서 죽음 이후 남겨진 자의 이야기를 생각해 보았는데요, 그 구체적인 하루하루의 삶에 어떤 작은 혁명이 가능할까 리스트를 만들어 보는 것이지요.

my small revolution is composed of ______, ______, and ______.

딱 세 가지만 적어보아요. 제게는 praying, cooking, writing입니다.

19 * '다름'의 원리

"Only others save us."

타인의 아름다움에서만
위안이 있다, 타인의
음악에서만, 타인의 시에서만.
고독이 아편처럼 달콤하다 해도
타인들만이 우리를 구원할 수 있다.
이른 아침, 꿈으로 말갛게 씻긴 이마를 한
그들을 보라, 타인들은 지옥이 아니다.
그래서 나는 '그'라고 할지, '당신'이라고 할지
어떤 단어를 써야 할까 고민한다. 모든 '그'는
어떤 '당신'의 배반이라서, 하지만
그 대신 누군가의 시가 있어
충실하고 진지한 대화를 허락한다.

— 아담 자가예프스키, 「타인의 아름다움에서만」에서

중고등학교 시절에 저는 혼자 있는 것을 참 좋아했던 것 같습니다. 잘 이해하지도 못하는 고전을 밤새워 읽으며 새로운 눈을 뜨게 하는 그 멀고 오래된 세계에 가슴이 두근거렸고, 죽음이라든가 정의라든가 시라든가, 딱히 답이 나오지도 않는 문제들을 끌어안고 고민하기도 했고, 또 어느 날에는 혼자 세상의 모든 이치를 깨우친 듯 의기양양하기도 했지요.

공동선, 공동체, 어느 때보다도 '공동'이라는 말이 절실해지는 이즈음에 공동의 선과 가치를 고민하는 청년들은 어쩌면 저보다 훨씬 더 빨리 철이 든 지혜로운 청년들이라는 생각을 문득 했습니다.

우리가 좋아하는 '공동체'라는 말은 유사성, 즉 닮음의 원리에 기대어 있지요. 어떤 취미와 목적, 뜻을 품은 내가 그 비슷한 취미, 비슷한 목적, 비슷한 뜻을 모으는 너를 만나서 우리라는 공동체를 만들고 공동의 선을 지향하지요.

이렇듯 '공동(共同)'이라는 말은 점점 더 고립되어 원자화되는 개인의 삶에서 그 각각의 벽과 울타리를 확 열고 너를 만나게 하고 우리를 만들게 하고, 그래서 나 혼자 생각하고 행동하는 것보다는 덜 연약하고 더 지혜로운 사회, 나아가 국가를 만드는 힘이 됩니다.

‘함께’라는 말에 깃든 힘은 그처럼 단독자라는 인간 삶의 조건을 한결 부드럽게 만듭니다. 함께 사는 가족의 얼굴을 가만 들여다보세요. 그동안 함께 지었던 미소와 함께 앓아온 아픔 때문에 가족은 서로 닮아 있습니다. 비슷한 시절의 고단함과 비슷한 꿈을 꾸며 지내는 청년 독자들도 멀리 또 가까이서 서로 닮아 있는지도 모릅니다. 낯선 땅에서 한국인들을 만나면 아무런 이유 없이 반가운 것도, 같은 시대의 문제를 공유하는 그 닮음 때문이겠지요. 이렇게 닮는다는 것은 참 정겹고 든든한 말이고 서로 나누는 경험과 지나온 시간 때문에 또 그만큼의 슬픔과 아픔이 깃든 말이기도 합니다.

‘함께’ 가는 길이든 단독자로서의 삶이든 우리가 생각하는 생의 모든 출발점과 마침표는 결국 ‘나’일 것인데, 이번에 읽는 시는 참 특이하게도 낯선 타인에게서 찾는 아름다움을 이야기합니다. 나의 아름다움이 아니라 타인이 만든 아름다움, 거기 위안이 있다니 참 이상한 논리인 듯싶습니다. 그래서 나, 우리, 당신, 타인 등 존재의 복잡한 관계를 지칭하는 많은 낱말들과 그 관계의 고리들을 생각해 봅니다.

제가 이 시를 읽은 어느 저녁도 참 고단했습니다. 밀린 논문 심사와 써야 할 글 때문에 머리가 아프고 어디

말하기도 피곤한 저녁이었지요. 너무 바빠서 사는 낙이 없다고 넋두리를 하다가 잠들기 전에 우연히 읽은 이 시가 지쳐 있던 제 눈을 뜨게 했습니다.

이름도 낯선 폴란드라는 먼 나라의 시인이 저를 반짝 생기 있게 했습니다. 아담 자가예프스키(Adam Zagajewski, 1945~2021)는 1945년에 탄생한 폴란드의 시인인데, 『타인만이 우리를 구원한다』는 제목으로 번역 시집이 나와 있기도 합니다. 위의 시는 그 번역본을 따르지 않고 제가 읽은 영어본에서 한글로 옮긴 것이랍니다.

이 시에서 시인은 타인이 만든 아름다움에서 위안을 보고, 타인에게서 구원을 봅니다. '오직 타인들만이'라는 말에 배어 있는 어떤 단호함은 나와 우리들의 범주에 갇혀서 내 몫만 챙기는 데 몰두해 온 우리를 간단하게 무너뜨립니다. 내가 아닌 사람들, 타인. 내가 아니라서 타인은 나와 아무런 상관이 없고, 그만큼 낯설고 알 수 없고, 또 위험합니다.

하지만 이른 아침, "꿈으로 말갛게 씻긴" 그들의 깨끗한 이마를 생각해 보라고 시인은 말합니다. 그 시선으로 나는 멀고 위험한 그 낯선 사람과 같은 꿈을 나누어 가지는 사람이 된다는 듯 말입니다. 타인만이, 타인이 만든 아름다움만이 우리를 구원할 수 있다고 시인이 말을 건넬 때, 오래도록 무겁게 닫혀 있던 고독한 나의 자리가 넓어지고 홀로 지쳐 있던 마음도 한결 가벼워집니다.

모든 것이 나에게서 시작되지만, 그 걸음의 지향점이 타인들을 향해 있을 때 무심하고 먼 '그'는 비로소 '너/당신'이 된다는 존재의 원리. 이 시는 그렇게 멀고 낯선 '그'가 다가와 친근하고 따뜻한 '당신'이 되는 관계의 신비를 들려줍니다. 그러므로 모든 타인은 '당신' 혹은 '너'가 되려다 만 존재가 아닐까요?

그렇기 때문에 '당신'으로 끌어당길 수 있는 '그'를 낯선 먼 사람으로, 여전히 '그'인 상태로 남겨두는 것은 배반이 되는 것이겠지요. 먼 '그'를 끌어당겨 '너/당신'이라 부를 때, 그 '당신'은 '그 사람'에 비해 얼마나 다정한지요. 너를 부르는 나 또한 더 이상은 홀로 외롭지 않기 때문에 드디어 우리는 '함께'입니다.

공동의 관심을 가진 우리의 영역을 이 시에서처럼 멀고 낯선 타인에게로 확대할 때 우리가 생각하는 공동선, 공동체의 개념도 좀 더 적극적인 실천력을 가질 수 있지 않을까 싶습니다. '나'의 자리에 아픈 '너'를 앉히고 멀어진 '그'를 끌어당겨 '당신'으로 만들어보는 과정.

내가 홀로 고단하게 무수한 그들과 맞설 때 이 세상은

처음부터 실패가 예정된 경쟁의 장, 아무런 위로가 없고 끝도 없는 싸움터가 됩니다. 하지만 낯선 '타인'에게 손을 내밀 때 홀로 외로운 이 삶의 좁은 길은 함께 걸어가는 길로 넓어지고 그 길 위에 서 있는 수많은 '나'는 더 이상 외롭지 않습니다.

그런데 타인의 아름다움은 어떻게 볼 수 있을까요? 그 아름다움은 화려한 아름다움은 아닐 것입니다. 대단한 성취 또한 아닐 것이고요. 쉽게 보이지 않는 타인의 아름다움은 나를 버릴 때 비로소 눈에 들어오는 타인의 아픈 상처가 아닐까요. 상처를 딛고 일어서며 일궈온 타인의 용기 있는 삶이 아닐까요.

나를 버릴 때, 내 것을 내어줄 때, 내 아픔과 상처를 드러낼 때, 타인이 만든 아름다움 또한 그렇게 타인의 생, 그 마디마디 숨겨진 상처와 더불어 내 눈에 들어오지 싶습니다.

경쟁심과 욕심으로 가득 차 안간힘을 쓰면서 지켜온 내 영역을 기꺼이 내어줄 때, 나는 그 나눔을 통해서 '그'를 '너'로 얻습니다. 먼 '그'를 '너'로 끌어당기는 열린 마음, 그 인식의 확장이 '같음'의 원리가 아니라 '다름'의 원리에 기댄 더 발전적인 공동체를 만들 것입니다.

한 해의 시작입니다. 그 어느 때보다도 물질적으로

풍요로워졌지만 지금 시절, 너나 할 것 없이 모두 너무나 고단한 날들을 보내고 있지요. 저마다 홀로 외롭고 저마다 홀로 가난하고 홀로 슬픈 이 각각의 생, 그 고립된 마디마디를 새해엔 우리 청년들부터 좀 더 혁명적으로 '함께'인 영역으로 확장하면 좋겠다 싶습니다.

'나'에게로 초점이 맞추어져서 모든 것이 내게서 시작되고 내게서 끝나는 삶의 방식에서 타인은 오로지 경쟁의 대상일 뿐입니다. 그래서 출발도, 결심도, 성공도, 실패도, 반성도, 깨달음도, 슬픔도, 절망도, 모두 온전히 나만의 몫이 되어 버렸고요. 저마다 홀로 외롭고 고단한 '나'로 가득한 학교, 이야기할 누군가가 없고 들어줄 귀가 없기에 고독한 '타인'들이 된 가정, 타인의 아름다움을 보지 못하는 배반으로 채워지는 나날.

자, 지금부터 매일 아침, 꿈으로 말갛게 씻긴 타인의 이마를 들여다봅시다. 거기, 그 순한 아름다움에서 나의 꿈도 함께 자라고 그의 꿈도 함께 자라고 그렇게 서로 다른 자리에서 꿈을 꾼 낯선 그와 낯선 나는 드디어 '우리'가 됩니다. 같아서가 아니라 달라서 더 좋은 우리. 새해엔 그런 우리를 많이 만들어 나가기 바랍니다.

언어 연습

19장의 언어 수업은 "Only ________ save us."에서 우리를 구하는 단어로 괄호를 채워보기입니다. 동사 형태로 미루어보아 하나/단수가 아닌 복수가 와야겠지요? 무엇이 우리를 구할 수 있을까요? 여러분의 발랄한 상상력, 명쾌한 답, 기다려집니다.

Only ________ save us.

20 * 네가 얼마나 외롭든 간에

"No man is an island, entire of itself."

가을에 이 글을 씁니다. 가을 햇살이 참 좋아서 낮에 햇살 속에 가만 서 있기만 해도 생의 에너지가 충전되어 다시 또 하루를, 일주일을, 한 달을 살아갈 힘을 얻는 느낌입니다. 곧 겨울이 오겠지요. 순환하는 계절 속에서 오늘의 우리는 어제의 우리를 들여다보고, 옆자리 친구의 피로에서 나를 읽고, 길을 걷다 마주치는 낯모르는 사람에게서 또 내 얼굴에 새겨지는 하루치의 노동과 하루치의 무심함을 읽어내기도 하지요.

문득 내 삶이 버겁다 느껴지고 내 생의 무게가 유난히 더 무겁다 느껴질 때, 근처 작은 책방에 들러 책을 읽는 것은 어떨까요. 책 속에서 미처 내가 경험하지 못한 다른 이들의 삶이 고스란히 녹아 있는 글줄들을 만나면, 내가 힘겹다 여기고 살아온 오늘 하루, 내게 버겁다 여겨지는 여러 일들이 조금은 가벼워지고 뭔가 이 답답함을 깨치고 나갈 힘을 얻기도 하니까요. 그러다 두고두고 아껴 읽고 싶은 책 하나쯤 사서 품에 안고 들어오는 저녁은, 여느 때의 하루와는 다른 희망을 품고 돌아오는 시간이 되겠지요.

이번에 여러분과 시를 통해 나누고픈 대화는, 함께 살아감의 의미에 대한 것입니다. 함께 존재하고 함께 느끼고 함께 살아가는 공존, 공감, 공생의 이야기를 하기에 적합한 시는 참 많으나 제 마음을 건드린 시는 바로 존 던(John Donne, 1572~1632)의 시 구절인데요, 바로 "누구를 위하여 종은 울리나"로 널리 알려진 구절이랍니다. 이 구절은 헤밍웨이가 자신의 소설 제목으로도 썼고, 같은 제목의 영화로도 만들어진 바 있어서 스페인 내전을 배경으로 한 영화를 보면서 눈물 훌쩍이던 어린 날의 저를 떠올리게도 합니다.

> 누구든 그 자체로서 온전한 섬은 아닐지니
> 모든 인간은 대륙의 한 조각이며 본토의 일부이다.
> 만일 흙 한 덩이가 바닷물에 씻겨 내려가면
> 유럽은 그만큼 줄어드는 것이며
> 하나의 모래톱이 씻겨 나가도 마찬가지이고,

그대의 친구들이나 그대의 영지(領地)가 그리되어도
마찬가지이리라.
어느 누구의 죽음이라 할지라도 나를 감소시키나니
이는 내가 인류 속에 포함되어 있기 때문이다.
그러므로 누구를 위하여 종은 울리나
알기 위하여 사람을 보내지는 마라.
종은 바로 그대를 위해 울리나니.

No man is an island, entire of itself;
every man is a piece of the continent, a part of the
main.
If a clod be washed away by the sea,
Europe is the less,
as well as if a promontory were,
as well as if a manor of thy friend's or of thine own
were:
any man's death diminishes me,
because I am involved in mankind,
and therefore never send to know
for whom the bell tolls;
it tolls for thee.

영문학사에서는 시인으로 유명하지만 사실 존 던은 신부님이어서 영국의 유명한 세인트폴성당의 수석사제까지 지낸 분이었습니다. 그래서 종교시도 많이 썼는데, 아주 재치 넘치고 발랄한 구절들에 생의 의미를 깊이 담아낸 훌륭한 시인이지요.

이 구절은 사실 처음부터 시로 생각하고 쓴 것은 아니었답니다. 「죽음에 임해서 바치는 기도(Devotions upon Emergent Occasions)」라는 제목이 달린 『명상록』의 일부로 「명상 17번(Meditation 17)」(1623년)이었지요. 그러니까 삶과 죽음에 대한 통찰을 기록한 산문의 일부입니다.

어니스트 헤밍웨이(1899~1961)가 자신의 소설 『누구를 위하여 종은 울리나』에서 제목으로 차용한 것으로도 알 수 있듯, 원래는 산문이었던 이 구절이 워낙 유명해져서 요즘은 시로도 많이 인용되고 읽히는 것입니다. 이 시에서 존 던은, 인간은 누구든 그 자체로 온전한 존재가 될 수 없다고 합니다. 모든 인간은 대륙의 한 조각이기 때문에 흙덩이 하나가 쓸려 내려가도 세계의 일부분이 줄어드는 것, 즉, 한 사람이 죽어도 세계의 한 부분이 감소하는 것이라고 말합니다. (그 당시엔 유럽이 세계의 전부와 마찬가지였으니, 세계라는 말 대신 유럽이라고 쓴 거지요.)

사실 우리가 살아가면서 가장 풀기 힘든 고민 중 하나가 바로 인간은 혼자라는 사실입니다. 우리는 사랑하는 사람의 아픔을 대신 아파줄 수 없고, 사랑하는 이의 죽음을 뒤따라갈 수 없습니다. 흔히 부모님들이 자식을 너무나 사랑하지만 사실 자식이 손가락 하나를 다치더라도 그 아픔을 대신 앓아줄 수 없기에 가슴 아파하십니다. 그런데 존 던은 이 시에서 하나의 흙덩이, 어느 누구의 죽음이라도 내 존재의 일부를 감소시키는 일이라고 말합니다.

너무나 분명한 단독자로서의 인간, 그러나 사실 또 생각해 보면 내 존재, 내 몸속에는 나만 있는 것은 아닙니다. 내 안에는 내 어머니와 어머니의 어머니와 그 어머니의 어머니가 계시고, 내 아버지의 아버지와 그 아버지의 아버지가 계십니다. 나라는 존재는 이 수많은 어머니와 아버지의 인연 속에서 탄생하였고, 또 동시에 나와 한 시대를 살아가는 수많은 다른 존재들과 함께 호흡하고 서로 영향을 주고받으며 살아가고 있습니다.

어쩌면 나라는 단독자는 동시에 나 아닌 다른 수많은 이들의 조합으로 이루어진 존재이기도 합니다. 이런 사실을 알기에 우리는 나 아닌 다른 이들의 죽음에 대해서 함께 슬퍼하고 나 아닌 다른 이들의 기쁨을 내 일처럼 기뻐하고 다른 이들의 삶 속에서 내 삶의 지향점을 보기도 합니다.

하지만, 그럼에도 불구하고 이 모든 함께함, 공생, 공존의 의미에 대해서 너무나 잘 알면서도, 여러분은 혹시 너무 외롭고 혼자라는 생각에 힘이 드는 순간 또한 많이 있겠지요. 함께 살아감의 의미에 대해서 생각하는 이 글의 제목을 "네가 누구든 얼마나 외롭든"으로 잡은 이유는 바로, 이 함께이면서 또 홀로인 우리 존재에 대한 생각으로 여러분을 초대하기 위해서였답니다. 바로 메리 올리버(Mary Oliver, 1935~)라는 시인의 시입니다.

몇 세기를 거슬러 올라간 그 옛날 존 던이 죽음에 대한 명상을 통해 우리 삶의 공존을 이야기하고 있다면, 우리와 같은 시대를 살아가는 여성 시인 메리 올리버는 이 세상 안의 우리 존재의 자리에 대해서 어떤 이야기를 할까요?

착하지 않아도 괜찮아.
참회하며 사막 위 백 마일이나 되는 거리를
무릎으로 걷지 않아도 괜찮아.
넌 다만 네 부드러운 야성의 몸이
사랑하는 것을 사랑하는 대로 가만 내버려두면 돼.
내게 네 절망을 말해 보렴. 그럼 나의 절망을 네게

말할 테니.
그러는 동안에도 세상은 굴러가지.
그러는 동안에도 태양과 비의 선명한 방울들은
저 풍경을 가로질러 움직인다네.
저 너른 초원과 저 깊은 수풀 너머로,
저 산과 강들 너머로.
그동안에도 기러기들은 맑고 푸른 공기 드높이 날아
다시 집으로 돌아가고 있다네.
네가 누구든, 얼마나 외롭든
이 세상은 네가 상상하는 대로 보여준다네.
세상은 기러기처럼 네게 외친다네, 꽥꽥 신나는
기러기처럼
네가 있어야 할 자리를 온갖 사물의 무리 안에서
다시금 다시금 일깨우면서.

— 메리 올리버, 「기러기(Wild Geese)」에서

이 시를 앞에 두고 여기에서 두 가지 질문을 해볼까 해요. 여러분은 내 삶의 조건이 너무나 마음에 들지 않을 때 어떻게 그 상황을 뚫고 나가시나요? 미국에서 학생들의 자살률이 가장 높은 대학은 어딜까요? 약간은 생뚱맞은 이 두 질문을 하는 이유는, 이 시를 읽는 하나의 방식과

관련이 되어 있습니다.

미국에서 자살률이 가장 높은 대학은 놀랍게도 바로 뉴욕주의 아름다운 소도시 이타카에 위치한 코넬대학교입니다. 뉴욕주 북서부, 너무나 아름다운 호수의 끄트머리에 위치한 이 대학의 호젓한 언덕에 올라 학교를 내려다보면 무척이나 고적한 느낌이 들어 그만 경쟁으로 가득 찬 이 속세를 벗어나고 싶은 유혹이 든다고 하는데요.

이 시는 이 대학의 학생 상담 사이트에 소개되어 있는 시랍니다. 자기 삶의 방식과 삶의 조건들에 대하여 고민하는 청년들에게 이 상담 사이트의 선생님은 미국의 시인 에즈라 파운드(Ezra Pound)의 이름을 본따 자신을 Mr. Pound라고 하면서 이 시를 들려줍니다. 선생님은 당부합니다. 기러기를 빗대어 이 세상을 살아가는 모든 존재의 자리에 대하여 이야기하는 시인의 지혜를 귀담아들으라고요.

우리 인간은 늘 이런저런 당위, 도덕과 윤리에 얽매여 살아가지요. 착하게 살아야 하고, 최선을 다해서 살아야 하고, 이것은 지켜야 하고 저것은 하지 말아야 하고 말이지요. 시인은 당당하게 말합니다. 착하지 않아도 괜찮다고. 야생의 기러기가 날아가는 밤하늘을 생각해 보세요. 그 거친 날갯짓으로 세상을 가로질러 가는 기러기처럼 이 세상도 어쩌면 우리에게, 네가 생각하는 방식대로 자유롭게 살라고 말하고 있지 않을까요?

하지만 그 자유는 무조건적인 일탈을 의미하지는 않지요. 왜냐하면 네가 상상하는 그대로 세상은 열릴 것이기 때문이지요. 네가 누구든, 어떤 존재이든, 얼마나 외롭든, 이 세상 모든 것들 가운데 너의 자리도 있을 것이고, 세상은 그런 존재들의 자리를 마련해 놓고 우리 모두를 초대하고 있는 것, 시인이 들려주는 생의 지혜는 우리 존재의 존재다움에 대한 겸손하면서도 소박하고 또 자유로운 응시입니다. 순위라든가 경쟁이라든가 윤리라든가 당위라든가, 우리를 얽매는 온갖 틀을 벗어던지고 우리가 우리의 존재다움을 찾아서 날개를 펴라고 시인은 말합니다.

그러므로 외롭고 힘든 당신, 절망한 당신, 삶의 무게에 짓눌린 당신, 이 무리들의 고적한 날갯짓을 함께하다 보면, 이처럼 자유롭고 따뜻하면서도 보드라운 위로 안에서 이 세상은 함께 살아갈 만한 터임을 알게 되지 않을까요. 우리가 읽은 두 편의 시를 통하여 우리는 결국 죽음에 대한 사유나 삶에 대한 사유가 결국 하나의 길에 다다른다는 걸 알게 됩니다.

'홀로이나 함께 가는 우리'라는 이 길 위에는 풀도 있고 꽃도 있고 하늘도 있고 바람도 있고, 마음이 아픈 이도 있고 몸이 아픈 이도 있고, 모든 것을 다 가진 것 같지만 아무것도 아닌 사람도 있고 아무것도 갖고 있지 않으나 가장 자유로운 보석 같은 이도 있답니다. 이 길 위에서 홀로이면서 함께인 우리, 어때요? 조금은 더 씩씩해질 수 있겠지요?

언어 연습

20장의 언어 수업은 말 그대로 단어를 다시 읽어보기입니다. 시의 단어는 일상 속에서 쓰는 다른 말과 다르지 않아요. 특별하지 않아요.

continent, main, clod, promontory, manor, diminish, involved, toll

시인이 몸담고 있는 시대와 공간이 그대로 반영되는 시의 언어. 일상의 언어를 시로 만드는 것은 그 단어들이 짜여지는 방식이랍니다.
어디서든 '무엇(what)'보다 '어떻게(how to)'가 더 중요해지는 이유지요. 만들고 돌파하고 나아가는 힘은, '어떻게'에 달려 있습니다.

21 * 함께 숨 쉬는 일

더 밝고 더 어두운 형제들

나 역시 아메리카를 노래하네.

나는 더 어두운 형제.
손님들이 올 때면,
그들은 부엌에서 먹으라며 나를 내보내네.
하지만 나는 웃고,
잘 먹고,
굳세게 자라지.

내일이면
나는 식탁에 자리를 잡아야지
손님들이 올 때에.
그땐,

아무도 감히
"부엌에서 먹으라고"
내게 말하지 못하겠지.

대신,
내가 얼마나 아름다운지를 보고
부끄러워하겠지.

나 역시 아메리카다.

— 랭스턴 휴즈, 「나 역시(I, Too)」에서

앞이 잘 가늠되지 않는 이상한 시절을 우리 모두 보내고 있습니다. 눈에 잘 보이지 않는 바이러스로 인해 전 세계가 마비된 시절, 우리 학생들은 어떻게 이 시대를 해석하고 받아들였을지 궁금하네요. 마스크를 쓰지 않으면 외출을 못 하고, 반가운 웃음으로 다정하게 손을 맞잡는 인사도 까마득한 옛 얘기가 되어버린 위태로운 시절, 공교롭게도 저는 미국에 있었습니다. 모처럼 안식년을 맞아 미국 버클리대학교에 연구교수로 있었지만, 팬데믹으로 인해서 놀랍도록 조용한 생활을 했습니다.

바이러스가 바꾸어놓은 일상을 낯선 이국에서

경험하고 있으니 많은 생각이 교차합니다. 세계 제일의 선진 대국으로 알던 미국에서 안일한 대응으로 10만 명이 넘는 사망자가 발생하고 있는 상황이고, 문명과 야만, 선진사회의 의미에 대해서 다시금 생각하게 됩니다. 재난 속에서 각자도생의 삶이 아니라 국가가 마련한 기본적인 안전망 안에서 모든 이들에게 공평한 삶의 조건이 지원되는 사회, 함께 더불어 사는 사회, 그게 바로 진정한 선진사회일 텐데, 제가 머물던 미국은 그런 조건과 한참 멀어 보입니다.

코로나바이러스라는 팬데믹(pandemic)은 그리스어에 뿌리를 두고 있습니다. '모두'를 의미하는 'pan(πᾶς)'과 '사람'을 의미하는 'demic(δῆμος)'이 결합된 단어지요. 국경과 계급, 성별, 문화의 차이를 넘어 모든 이들을 가차 없이 굴복시키는 참 민주적이고 공평한 병을 뜻합니다. 그래서 무서운 것이고요. 문제는 그 병이 감염되는 경로와 이후 치료 과정을 살펴보면 팬데믹은 그 말처럼 민주적이지도 공평하지도 않다는 사실입니다.

미국만 하더라도 인구 비율로 감염자 비율을 살펴보면, 일용직 노동자가 많이 밀집해 있는 대도시를 중심으로 하여 아프리카계 미국인과 히스패닉계 미국인들, 아메리카 원주민들 사이에 감염 확진자와

랭스턴 휴즈

사망자가 많습니다. 제가 머물렀던 도시는 버클리대 옆의 올버니라는 곳인데, 백인 중산층이 다수라 그런지 코로나바이러스에 대한 불안 심리가 그다지 크지 않았습니다.

이에 반해, 일용직 노동자들이 많이 사는 뉴욕 등 대도시에는 감염자와 사망자가 많이 나오고 있어 그 공포는 말로 표현하기 힘들 정도라고 합니다. 이러한 현실을 보면 가장 평등한 병에 있어서도 한 사회의 뿌리 깊은 불평등의 고리가 여지없이 드러나는 것을 알 수 있습니다.

그 와중에 한 사건이 미국 사회에 정의와 불의, 평등과 불평등, 인권 문제에 대해 무서운 뇌관이 되고 있었습니다. 바로 조지 플로이드(George Floyd)라는 아프리카계 미국인이 미니애폴리스 경찰관 데렉 쇼빈(Derek Chauvin)에 의해 죽임을 당한 사건. 이 백인 경찰관은 플로이드를 추적하는 과정에서 그를 제압한 후에 목을 무릎으로 눌러 강하게 압박했습니다. 수갑이 채워진 채 무기력하게 제압당한 플로이드가 "I can't breathe."(숨을 못 쉬겠어요.)라고 호소하지만, 데렉 쇼빈은 이 호소를 무시해서 결국 플로이드는 숨을 거두고 말았습니다. 공권력에 의한 살해였습니다.

만약 이 용의자가 백인이었다면 죽는 일까지는 발생하지 않았을 것입니다. 흑인들은 미국 사회에서 백인과 같은 위치에서 평등했던 적이 한 번도 없습니다. 다른 인간인 것이지요. 제가 살고 있는 버클리는 비교적 진보적인 도시라 그런지 대학가 주변 동네 창문에 "Black Lives Matter."라는 문구를 자주 볼 수 있습니다. "흑인들의 삶(목숨)도 중요하다."는 이 메시지는 아프리카계 미국인을 향한 폭력과 제도적 인종주의에 반대하는 사회운동인데, 제가 여기에서 "흑인들의 삶이" 아니라 "흑인들의 삶도"라고 하는 이유가 바로 앞에서 소개된 시 「나 역시」와 그 맥락을 같이 합니다.

즉, 백인들의 목숨, 백인들의 삶만 중요한 게 아니고, 흑인들의 삶과 목숨도 역시나 마찬가지로 중요하다는 의미지요. BLM은 특히 미국에서 너무나 빈번히 발생하는 경찰에 의한 흑인의 죽음, 광범위하게 행해지는 인종 프로파일링, 경찰의 가혹행위, 미국의 형사사법제도 안의 인종 간 불평등에 대해 항의하기 위한 운동의 슬로건으로 널리 쓰입니다.

랭스턴 휴즈 시대에서 백년 가까이 지난 지금도 이 시는 여전히 현재형의 의미로 실감 나게 다가옵니다. 백인과 흑인은 이제 한 식탁에 앉을 수 있을지 모르나

진정한 공생과는 거리가 멉니다. 같은 도시, 같은 거리를 같은 여유와 자유로움으로 활보할 수 없습니다. 이는 다른 인종에게도 비슷하게 적용됩니다.

코로나 이후 뉴욕이나 토론토 등에서 아시아계 이민자들을 향한 범죄가 늘어난 것도 비슷한 이치지요. 모든 인간은 평등하게 태어났으나 경제적 부나 권력, 성별에 따라서 개개 인간이 누리는 자유의 폭은 엄청난 차이가 있는데, 똑같은 조건에서 피부색 하나로 달라지는 것이 너무 많은 현실이기에 휴즈의 시는 더욱 통절하게 읽힙니다.

조지 플로이드의 죽음은 지금까지 무수히 반복된 불의의 전형이라 그리 놀랍지 않아 더 기막힙니다. "숨을 쉴 수 없어요."라는 호소가 묵살되던 그 현장은 한국에서 벌어진 세월호나 용산 이태원의 비극이라든가 지금도 되풀이 반복되고 있는 노동자들의 재난 현장을 쉽게 떠올리게 합니다.

죽음은 이처럼 우리의 존재 조건에 따라 너무 가까이 머물고 있습니다. 자유나 평등, 민주라는 환상을 내세워 이를 바로 보지 못하게 할 뿐. '선진국'이라는 미명 속에서 애써 눌러 온 불안과 분노가 폭발하여 당시 미국은 미니애폴리스를 위시하여 많은 도시에서 이 억울한 죽음에 대한 항거 시위가 거세게 점화된 적이 있습니다.

백인 친구가 노골적으로 드러낸 억압과 차별과 혐오에도 굴하지 않고 내 안의 건강한 생명력을 잘 키워 나가겠노라 다짐하는 휴즈의 흑인 화자는 아름답고 강인합니다. 그 인내와 용기에 박수갈채를 보냅니다. 억압과 혐오와 차별은 남의 이야기가 아닙니다. 우리가 그 차별의 피해자가 되기도 쉽지만, 무심결에 우리를 가해자의 위치에 앉히기도 합니다.

"숨을 못 쉬겠어." 다 같이 함께 숨을 쉬고, 함께 같은 식탁에서 음식을 나누고 함께 걷는 행위. 그 익숙하고 당연한 것들이 실은 익숙하고 당연한 것이 아니라 지난한 싸움과 투쟁 끝에 온다는 것을 아는 일. 어떤 경우에도 포기하지 않고 보란 듯이 힘을 키워나가는 것만큼이나 그 앎은 우리가 살아가는 이 세계, 이 공간을 비로소 살 만한 공간으로 만들어 나갈 것입니다.

어디서나 우리 잊지 않기로 해요. 나 역시 너와 함께, 너 역시 나와 함께, 잘 숨 쉬고 사람답게 아름답고 건강한 삶을 살아갈 권리가 있다고.

언어 연습

21장의 언어 수업은 "나는 ______를 노래한다."와 "나는 ______다."에 적절한 단어를 넣어보는 거예요. 지금, 무엇을 떠올리나요? 저는 생각나는 단어가 딱 하나 있는데, 쓰기가 몹시 주저되네요. 그건 바로 '시'인데, 시를 이야기하는 내가 시가 될 수 있을까요? 그런 날이 올까요? 시는 내게 무엇일까요?

나는 ______를 노래한다.
나는 ______다.

22 * 포기하지 말자

"_____로 가는 길은 하나가 아닐 것이다"

알혼은 작은 숲이라는 뜻이래
기차를 타고 배를 타면 언제든 갈 수 있는 곳

그런데 알혼은 그렇게만 갈 수 있는 곳은 아닐 거야
둥지가 품은 알의 영혼 같기도
네 혼을 알라, 혼내는 소크라테스의 말 같기도 한

알혼,
아무리 영혼이 궁금하더라도
둥지에서 알을 훔칠 수는 없지

둥지에서 손을 거둘 때 알 하나가
실수로 미끄러 깨졌더라도

그럴 때 깨진 건 알이 아닐 확률이 높다
손이 닿는 순간 이미 충분히 상했을 것이다

그러니까 알혼, 긁히거나 멍든 자국
언제 어디서 부딪혔는지 알 길 없지만

몸에 머물다 사라지는 검푸른 빛이 있다는 것
그건 내게도 영혼이 있다는 증거 아닐까 누군가 나의
　영혼을 꾸욱 건드려 본 것은 아닐까

알혼으로 가는 길은 하나가 아닐 것이다
과녁처럼 서서 쏟아지는 비를 맞는다

도착은 해도 다다를 수는 없겠지만

— 안희연, 「알혼에서 만나」에서

좀 독특한 시를 읽고자 합니다. 이 시는 안희연 시인의 『여름 언덕에서 배운 것』(창비)에 실린 시예요. 이 시를 읽는 것은 순전히 우연에서 비롯된 일입니다. 그냥 단순한 눈의 착시 때문에 이 시를 골랐던 거예요. 왜냐하면

“알혼에서 만나”라는 제목을 “일흔에서 만나”로 잘못 보았기 때문이에요.

좀 웃기지 않나요? 늙음이 뭔지 전혀 알지 못하는 우리 학생들에게 “일흔에서 만나”라는 시가 있는 줄 알고 단박에 “바로 이 시야!” 아무 주저 없이 골랐다는 사실? 그리고 ‘일흔’이 아니라 ‘알혼’임을 알게 된 후에도 이 시 안의 구절들을 알혼과 일흔을 번갈아 가며 읽었다는 사실? 우리는 알혼이라는 작은 숲, 일흔이라는 먼 미래의 작은 숲에 함께 도달할 수 있을까요?

이 시를 읽고 떠오른 “같이 늙어가자는 말”은 여러분이 서로의 친구들에게 해줄 말인데, 사실 좀 이상한 말입니다. 제가 여러분 나이일 때는 늙음에 대해 전혀 고민하지 않았거든요. 늙음이 뭔지 몰랐고, 늙는 것이 낯설고 싫게만 느껴졌고, 단 몇 살 위의 언니 오빠들이 엄청난 세대 차이 나는 늙은 사람들 같았지요. 엄마, 아버지, 할머니, 할아버지처럼 나이 들어 늙어가는 것에 대해 거의 생각을 하지 않았던 것 같아요. 그런 여러분들에게 늙어감을 이야기하다니, 한창 정의와 평화와 가치에 대해 고민하는 우리 청년들에게 선생님이 어찌 이런 이상한 말을 건네고 있는 것일까요?

지금 시절 제가 만나는 많은 청년들에게서 저는 밝은

웃음 뒤의 피로와 울음을 봅니다. 우울과 불안이 청년들의 영혼을 갉아먹고 있는 것 같아요. '사는 게 죽는 것보다 더 힘들어.'라고 되뇌는 청춘들이 늘어나고 있어요. 스스로 생을 거두는 고민을 구체적으로 하는 학생들이 많아졌고, 면담을 하는 학생들은 앞이 보이지 않는 미래 때문에 힘들다고 이야기합니다.

선생님이 만나는 대학생 언니 오빠들보다는 우리 청소년들은 훨씬 더 발랄할 것 같아 걱정이 덜 되지만, 같이 늙어가자고 말을 하는 이유는 지금의 이 이상한 시절을 잘 버티자는 호소를 하면서 우리 옆에서 남몰래 아파하는 누군가가 있는지 한 번 돌아보자는 얘기를 해보고 싶었어요.

얼마 전에 글쓰기 수업에서 한 학생이 "존버를 위하여"라는 제목으로 글을 썼더라고요. '존버'의 뜻을 몰라 학생들에게 물어보고 나서야 고개를 끄덕였어요. 비속어를 섞어서 버티는 일의 힘겨움과 당부를 담은 그 말에 지금 시대 청춘들이 얼마나 힘겹게 이 생의 터널을 통과하고 있는지 실감했답니다.

'X나게 버티자.'는 다짐을 서로에게 하고서야 비로소 한 번 더 큰 숨이 깊어지는 우리. 걱정이 많고 너무 불안한 우리. 너무 심한 경쟁과 힘든 현실 속에 옹기종기 모여

앉아 가쁜 숨 내쉬는 우리. 출구가 잘 보이지 않는 미래, 우리를 위한 문이 닫혀버린 것만 같은 위기감 속에서 우리는 속으로 아파하면서 겉으로는 또 괜찮다 합니다. 부모님, 친구들이 걱정할까봐서요.

그렇게 보드라운 우리입니다. 제 생각에, 지혜와 용기가 많은 우리 청소년들은 서로를 바라보며 서로의 글을 통해 서로의 마음을 읽으며 슬기롭게 버틸 든든한 마음의 양식을 잘 준비하고 있다고 생각됩니다. 그래도 어느 한구석에서 소외된 누군가가 있다면, 이 삶이 너무 힘들다는 말을 하지도 못한 채, 외로움으로 마음에 멍이 든 누군가가 있다면, 우리 알혼에서 꼭 만나자는 말을 다시 건네고 싶어요.

알혼은 작은 숲이래요. 기차를 타고 배를 타면 언제든 갈 수 있는 곳이래요. 그런데 그렇게만 갈 수 있는 곳이 아닐지도 모른대요. 처음에 저의 착시로 이끈 '알혼'과 '일흔'의 혼돈을 엮어서 시를 마음대로 읽어보았지요. 마치 어떻게든 어른이 될 텐데, 어떻게든 일흔에 도달하여 늙게 될 텐데, 그게 또 그렇게 쉽게 도달하는 지점은 아니란 이야기를 하고 있는 것만 같아요. 알혼으로 가는 길에는 긁히거나 멍든 자국이 있다고 하네요. 몸에 머물다 사라지는 검푸른 빛이 있다는 것은, 그 멍든 자국은,

내게도 영혼이 있다는 증거라고 하네요.

그래요. 우리는 모두 살면서 이런저런 상처 속에서 멍든 자국을 지니며 살아가요. 태어나서 생의 길을 상처 없이 온전한 몸과 마음으로만 걷는 사람은 없어요. 누군가 내 영혼을 꾸욱 건드리면 내 마음은 멍이 들기 마련이지요. 걷다가 무언가와 부딪치거나 넘어지면 몸에 멍이 드는 것과 마찬가지로요. 그러니 마음의 멍을 너무 심각하게 너무 깊이 새기지 말기로 해요. 몸에 든 멍이 시간이 지나면 차차 가시듯이 마음의 멍 또한 시간이 지나면 서서히 옅어져서 언젠가는 멍이 있었다는 사실조차 잊게 될지 몰라요.

시인은 말해요. 알혼으로 가는 길은 하나가 아닐 것이라고요. 과녁처럼 서서 쏟아지는 비를 맞기도 한다고요. 우리가 살아가는 이 길 또한 마찬가지예요. 유일한 목표라고 생각했던 꿈이 중간에 어떤 이유로 어떤 피치 못할 사정으로 바뀌는 경우도 있고요.

때로 어느 날은 이런저런 꿈도 잃어버리고 다 의미 없고 부질없는 일이라고 느껴지는 때도 있고요. 또 어떤 날은 내 마음의 멍이 마치 죽을 때까지 가시지 않는 상처처럼 느껴져 압도될 때도 있고요.

그런데요, 조금 앞서 살아본 제가 돌아보니, 길도

여러 갈래이고 꿈도 여러 갈래이고, 그 길 위에서 만나는 사람들도 여러 사람들이라, 누군가가 내게 이유 없이 상처를 주었다면 누군가는 내게 별 이유 없이 따뜻한 손을 내밀기도 하지요. 누군가 내게 갚을 길 없는 도움을 주기도 하고요.

내가 잘못한 게 없는데도 나를 미워하는 누군가가 있다면, 내가 특별히 잘해준 것도 없는데 나를 무작정 좋아해 주는 사람도 있고요. 꿈을 어쩔 수 없이 변경해야 해서 예정에 없던 길로 접어들었는데, 그 길에서 생각도 못한 기쁨을 만나기도 하고요. 눈물을 머금고 차선으로 선택한 일이 처음 생각했던 것보다 훨씬 더 좋은 결과를 가지고 오기도 하고요.

그렇듯 생의 무늬는 정말 다양하더군요. 그러니 여러분, 우리 다 같이 '알혼-일흔'이라는 작은 숲에 옹기종기 모일 날을 그리며 힘든 시절을 조금 더 가뿐하게 지나보는 것은 어떨까요? 늙어감이 전혀 실감이 나지 않고, 늙어감이 축복이 아니라 세월의 저주처럼 느껴져, '나 늙기 싫어!' 외쳤던 철없던 젊은 날들을 지나고 생각해 보니, 늙음의 축복은 아무나 누릴 수 있는 게 아니더라고요. 그러니 꿈 많은 청년들에게 한 번 더 당부해요. 절대 포기하지 말자고요.

지금 우리 앞에 놓인 시절의 여러 어려움, 고립과 절망, 폭력과 차별의 세계에서 우리는 어떻게 더 슬기롭고 다부지게 버틸 수 있을까요? 알혼의 작은 숲에서 옹기종기 잘 노닐며 그렇게 같이 늙어가자고, 옆의 친구들을 더 돌아보기로 해요. 힘들면 힘들다고 더 소리쳐 보기도 하고요. '손잡아 달라'는 말, '손잡아 줄까'라는 말도 아끼지 않기로 해요.

누군가가 그랬어요, 행복은 직전의 나보다 그 후의 내가 더 풍성해졌다는 느낌이라고요. 행복은 경제적인 부나 명예, 어떤 지식의 정도가 아니라, 내가 더 풍성해졌다는 느낌이라고요. 여러분도 어제보다 오늘 더 풍성해지는 느낌을 매일 적극적으로 만들면서 그렇게 이 힘겨운 시절을 가뿐히 넘기로 해요.

오늘 우리가 마주하는 이 지면이 알혼의 숲이고, 여러분의 목소리를 듣는 저도 그 작은 숲을 거닐고 있고요, 저도 여러분에게 이 작은 숲으로 초대하고 있고요. 포기하지 말고, 우리에게 주어진 시간을 잘 보듬어 버티어 봐요. 귀한 우리 학생들, 슬기롭게 용기 있고 지혜로운 우리의 청소년들께 특별히 더 간절하게 당부하며 편지를 맺습니다.

언어 연습

22장의 언어 수업은 '알혼'과 같은 공간을 상상하며 써보는 거예요.

"________에서 만나."

그 ______으로 가는 길은 분명 하나가 아닐 거예요. 무수히 많은 가능성을 품고 우리는 오늘도 ______로 가고 있어요. 제가 무얼 썼냐고요? 이번에는 제 빈 칸 채우기는 비밀로 할래요. 제게도 비밀스러운 단어 하나쯤 남겨두고 책을 덮을래요. 여러분도 하나의 문이 닫히면 울지 말고 다른 문을 두드려보세요. 꼭 ______로 가는 길은 하나가 아니고, 그 길 위에서 우리는 홀로, 함께 있습니다.

에필로그 * 시를 통해 질문하는 방식

"선생님에게 시는 무얼까요?" 오랜만에 만난 동료 선생님이 제게 물었습니다. 저와 같이 시 공부를 하고 시를 가르치는 분의 질문이라 그런지 답이 금방 나오지 않았습니다. 와락 웃다가, 글쎄, 뭘까요? 제가 별스럽게 시를 좋아하지요? 이렇게 되물으니, 제가 시를 번역하고 시를 이야기하는 방식이 정말 특별해서 그게 궁금했다고 하시네요.

이번에 묶는 책이 그 답이 될 수 있을지 모르겠습니다. 시는 홀로 또 함께 걷는 삶의 길에서 만나는 가장 지혜롭고 용기 있는 친구라서 저는 이렇게 시 이야기를 계속하는가 봅니다. 시의 언어는 언어가 만들 수 있는 가장 섬세하면서도 풍성한 결과와 깊이감을 만들고, 그래서 시는 세상을 다르게 경험하게 하는 멋진 안내자라고 계속 우기나 봅니다. 제가 시에서 받은 것들이 너무 많아 그것들을 다시 나누어 주는 일이 행복이라고 말이지요.

그 과정이 쉽지는 않아요. 시는 한눈에 금방 읽히는 대상이 아니어서 시를 잘 읽으려면 가만히 참고 들여다보는 시간이 필요합니다. 시에서 받은 고마움을 나누기 위해 시를 읽고 시에 대해 쓰는 시간, 허리도 아프고 머리도 지끈거립니다. 가끔은 이 세계의 흐름에서 동떨어져 혼자가 되는 기분이 들기도 합니다. 하지만 한 편의 좋은 시가 혼란스러운 세상을 헹구는 맑은 물이 되고 방향타 잃어 어지러운 인생길에 지침이 된다는 걸 경험으로 알기에 저는 계속 시를 가지고 여러분에게 말을 걸고 있습니다.

홀로이면서 또 함께 가야 하는 삶의 길을 찬찬히 걸어 나갈 용기와 지혜를 주는 시. 그런 시의 힘을 믿기에 이번 책은 십 대들에게 전하는 저의 선물입니다. 지나친 경쟁 속에서 모두가 낙오자가 된 것만 같은 느낌이 드는 세상, 대학에 들어가면 모든 게 다 해결될 것 같지만 그건 어른들의 거짓말! 그런 세상에서 십 대들의 하루하루를 정말 의미 있게 하는 일은 무엇인지 다시 질문하고, 다르게 보자고 이 책으로 청합니다. 공부와 놀이를 같이 하자고요.

긴 여름이 끝나고 소슬한 바람 부는 첫 가을 아침에

십 대들에게 이 짧은 편지를 쓰는 것은 그런 이유입니다. 편지에 앞서 고마운 얼굴들이 떠오릅니다. 십 년도 더 전에 부산 '인디고서원'에서 시작된 인연들. 《인디고잉》에서 처음 만났던 눈이 초롱초롱한 아이들은 모두 지금 어디서 무얼 하고 있을까요? 이십 대, 삼십 대의 청년이 되어 자기 목소리를 다부지게 내고 있겠지요? 세상을 더 낫게 만들고자 목소리를 모으는 그 에너지에 저 또한 힘을 얻은 시간을 되돌아보니, 긴 시간 우리가 나누었던 대화들이 그대로 작은 언덕이 되었다 싶어요.

이번 책에는 그 작은 언덕을 시 읽는 십 대를 위한 언어 수업 모델로 재미있게 꾸며보았습니다. 너무 빨리 변화하는 세계에서 AI나 챗GPT가 만능이 되어 나 대신 문제를 해결해 주고 내 사유까지 대신해 주는 착각 속에서 우리는 당황스럽게 묻습니다. 무얼 읽고 무얼 배우고 무얼 하고, 무얼 꿈꾸어야 하지? 언어에 관한 한 자칫 수동적인 게으름뱅이가 되기 쉬운 시절입니다. 무엇이든 답을 만들어내는 신기한 대상 앞에서 그게 바른 답인지 아닌지도 구별하지 못하고 무기력한 바보가 되기도 합니다. 하지만 시의 언어는 챗GPT가 잘하지 못하는 것을 가르쳐줍니다. 시의 언어는 질문하는 힘을 길러주는 언어이기 때문입니다. 이 책은 시를 통해 질문하는 방식을 새롭게 합니다. 각 장의 끝에서 다양한 언어 수업 놀이 모델을 통해 언어 감각을 예민하게 빚고, 새로운 사유를 더듬어 모색하는 연습을 해봅니다. 더 치밀하게 사유하고 묻고 따지는 시선과 멀리 높이 보는 시선, 그리고 소리 내어 말하는 힘도 함께 기를 수 있으면 좋겠습니다.

이 책을 읽는 우리 십 대들이 이 세계가 우리에게 선사한 시의 선물을 잘 받아보면 좋겠습니다. 하나의 큰 우주로 커가는 우리 십 대들, 이미 그 자체로 각각이 무궁하고 신비로운 우주인 십 대들이 시를 읽으며 새로운 형태의 언어 수업을 통해 사유하고 상상하는 연습을 다채롭게 하면 좋겠습니다. 시의 언어로 충전하면서 곁을 찬찬히 살피는 시선과 높이 꿈꾸는 열망을 같이 품을 수 있기를 바랍니다. 홀로이면서 함께 하는 지혜, 함께이면서 홀로일 수 있는 용기를 가지고 한 걸음 내딛는 그 걸음에 오늘 하루는 다시 또 싱그럽고 새로워질 것입니다.

홀로
함께

1판 1쇄 찍음 2024년 9월 25일
1판 1쇄 펴냄 2024년 9월 30일

지은이 정은귀
발행인 박근섭 · 박상준
펴낸곳 (주)민음사

출판등록 1966. 5. 19. 제16-490호
주소 서울특별시 강남구 도산대로1길 62 (신사동)
강남출판문화센터 5층 (우편번호 06027)
대표전화 02-515-2000 | 팩시밀리 02-515-2007
홈페이지 www.minumsa.com

ISBN 978-89-374-7704-1 (04800)
ISBN 978-89-374-7701-0 (세트)

* 잘못 만들어진 책은 구입처에서 교환해 드립니다.